MELMOTH,

ou

L'HOMME ERRANT.

MELMOTH,

OU

L'HOMME ERRANT.

Par M. MATHURIN, auteur de Bertram, etc.

TRADUIT LIBREMENT DE L'ANGLAIS

Par Jean COHEN,

ANCIEN CENSEUR ROYAL,

Traducteur des *Protecteurs et les Protégés*, du *Chevalier de Saint-Jean*, etc.

TOME DEUXIEME.

PARIS,

Chez G. C. HUBERT, LIBRAIRE,

Palais-Royal, Galerie de Bois, n° 222.

1821.

MELMOTH,

OU

L'HOMME ERRANT.

CHAPITRE VII.

HISTOIRE DE L'ESPAGNOL.

Vous savez, seigneur, que je suis né en Espagne; mais vous ignorez encore que je descends d'une de ses plus nobles familles, d'une famille dont elle aurait pu s'enorgueillir dans les jours de sa plus grande gloire: en un mot, de la famille de Monçada. Je l'ignorais moi-même pendant les premières an-

II.   1

nées de ma vie ; mais je me rappelle fort bien que pendant ces années il y avait un singulier contraste dans les traitemens que j'éprouvais. D'un côté la tendresse la plus vive, et de l'autre un mystère impénétrable. J'habitais une chétive maison dans un des faubourgs de Madrid, et j'étais confié aux soins d'une vieille femme, dont l'affection paraissait dictée autant par l'intérêt que par l'inclination. Toutes les semaines j'étais visité par un jeune cavalier et par une femme d'une grande beauté. Ils me caressaient, m'appelaient leur enfant chéri, et moi, attiré par les plis gracieux que formait la *capa* de mon père et le voile de ma mère, ainsi que par un certain air de supériorité indéfinissable que je leur trouvais, sur toutes les autres personnes dont j'étais entouré, je rendais leurs caresses, et je les suppliais de m'emmener avec eux *à la maison.* A ces mots ils faisaient un plus riche cadeau à la femme chez qui je demeurais, et dont les soins re-doublaient après ce stimulant.

J'observais que leurs visites étaient toujours courtes et qu'ils ne venaient que le soir. Mon enfance fut donc en-veloppée des ombres du mystère, et c'est peut-être à cela qu'il faut attribuer la teinte durable et ineffaçable qui a marqué les vues, le caractère et les sen-timens de toute ma vie.

Un changement soudain eut lieu. Un jour, on vint me voir, on me couvrit

de riches vêtemens, et l'on me conduisit, dans une superbe voiture, dont le
mouvement m'étourdit, à un palais
dont la façade me parut toucher aux
cieux. On me fit passer rapidement
par plusieurs appartemens dont la ri-
chesse m'éblouit, et par des haies de
domestiques qui me saluaient, jusqu'à
ce que j'arrivasse à un cabinet où était
assis un vieux seigneur. Sa posture
tranquille et majestueuse, la silencieuse
magnificence dont il était environné,
me disposèrent presque à m'agenouiller
et à l'adorer, comme ces saints, qu'a-
près avoir traversé une église immense,
nous trouvons placés dans quelque ni-
che solitaire richement décorée. Mon
père et ma mère étaient tous deux dans

le cabinet, et semblaient considérer avec respect ce fantôme âgé, pâle et auguste. Leur respect augmenta le mien, et quand ils me conduisirent à ses pieds, je me crus sur le point d'être offert en holocauste. Il m'embrassa cependant avec un peu de répugnance et encore plus de sévérité. Quand cette cérémonie, pendant la durée de laquelle je tremblais vivement, fut terminée, un domestique m'emmena et me conduisit dans un appartement où je fus traité à tous égards comme le fils d'un grand seigneur. Le soir mes parens vinrent me voir; ils pleurèrent en m'embrassant, et je crus m'apercevoir que des larmes de douleur se mêlaient à celles de la tendresse. Tout ce qui

m'entourait me paraissait si étrange,
que ce changement m'étonna peu. J'é-
tais si changé moi-même, que j'aurais
regardé comme un phénomène de re-
trouver les autres dans le même état où
je les avais laissés.

Mais les changemens se suivirent avec
tant de rapidité, qu'ils produisirent sur
moi l'effet de l'ivresse. J'avais douze
ans, et les habitudes rétrécies de mon
enfance avaient eu sur moi leur effet
ordinaire, c'est-à-dire qu'elles avaient
exalté mon imagination aux dépens de
mes autres facultés. Je m'attendais à
une aventure chaque fois que la porte
s'ouvrait, ce qui, par parenthèse, n'arrivait que fort rarement, pour m'annoncer l'heure de la prière, celle du

repas et celle de la promenade. Le
troisième jour après mon entrée au
palais de Monçada, ma porte s'ouvrit
à une heure inusitée, et cette circonstance me fit trembler de frayeur. Mon
père et ma mère entrèrent suivis d'une
foule de domestiques et accompagnés
d'un jeune homme, que sa taille avan-
tageuse et son air distingué faisaient
paraître plus âgé que moi, quoiqu'il
fût réellement mon cadet d'un an.

« Alonzo, » me dit mon père, « embrassez votre frère. » Je m'avançai vers
lui avec toute la vivacité de la jeunesse,
enchanté d'avoir un nouvel objet d'affection, et prêt à ne mettre aucune
borne à mon dévouement pour l'objet
aimé; mais mon frère s'approcha à pas

lents, me tendit les bras d'un air com-
posé, appuya pour un moment sa tête
sur mon épaule, et en se relevant me
regarda avec des yeux perçans, dont
le lustre hautain n'offrait pas un seul
rayon d'amitié fraternelle. Cet accueil
me déconcerta complètement. Cependant nous avions obéi à mon père; nous
nous étions embrassés.

« Que je vous voie joindre les mains, »
dit mon père, comme s'il eût désiré jouir
de ce spectacle.

Je tendis la main à mon frère, et
nous restâmes unis pendant quelques
instans, durant lesquels mon père et
ma mère s'éloignèrent pour nous considérer. J'eus le temps de réfléchir à
la comparaison qu'ils devaient faire

entre nous; elle n'était nullement en ma faveur. J'étais grand ; mais mon frère était beaucoup plus grand que moi. Il avait un air de confiance; j'ose même dire de conquête. L'éclat de son teint ne pouvait être égalé que par celui de ses grands yeux noirs, qu'il détourna de moi sur nos parens, comme pour leur dire : « Choisissez entre nous, et rejetez-moi si vous l'osez. »

Mon père et ma mère s'avancèrent et nous embrassèrent tous deux. Je me pendais à leur cou ; mon frère se soumit à leurs caresses avec une sorte de fierté impérieuse, qui semblait exiger une reconnaissance plus marquée.

Je ne les revis plus. Le soir toute la maison, composée de près de deux

cents domestiques, fut au désespoir. Le
duc de Moncada, que je n'avais vu
qu'une fois, venait de mourir. On enleva partout les tapisseries des murs.
Tous les appartemens se remplirent
d'ecclésiastiques. Mes surveillans me
négligèrent, et j'errai dans les cham-
bres spacieuses. J'arrivai enfin dans
une pièce, et je soulevai par hasard
un rideau de velours noir, qui m'offrit
un spectacle, dont malgré ma jeunesse
je fus extrêmement frappé. Mon père
et ma mère, tous deux vêtus de noir,
étaient assis à côté d'un lit, où je crus
voir mon grand-père endormi; mais
son sommeil était très-profond. Mon
frère était aussi là; il avait un habit
de deuil qu'il paraissait porter à regret

et avec impatience. Je m'élançai en avant; les domestiques me retirèrent : « Quoi ! » m'écriai-je, « ne m'est-il pas permis d'être ici? Mon frère y est bien ! » Un ecclésiastique m'entraîna hors de l'appartement. Je me débattis et je demandai qui j'étais, avec une arrogance qui convenait plus à mes prétentions qu'à mes espérances.

« Vous êtes le petit-fils du feu duc de Monçada, » me répondit-on.

— « Et pourquoi suis-je traité ainsi? »

Cette question ne reçut pas de réponse. On me reconduisit à mon appartement et l'on me surveilla pendant les funérailles du duc; il ne me fut pas permis de suivre le convoi. Je vis le triste et splendide cortége quitter le palais. Je

courais d'une fenêtre à l'autre pour contempler la pompe funéraire que je ne
pouvais accompagner. Deux jours après
on me dit qu'une voiture m'attendait à
la porte. J'y montai, et je fus conduit à
un couvent de religieux qui étaient con-
nus pour ex-jésuites, quoique personne
ne se permît de le dire tout haut. C'était
là que devait se faire mon éducation ; et,
dès le soir même, je devins un habitant
du couvent.

Je m'appliquai à mes études ; mes pro-
fesseurs furent contens de moi ; mes parens venaient me voir souvent et me
donnaient toutes les marques usitées
d'affection. Tout allait bien. Mais un
jour, comme ils se retiraient, j'entendis
un vieux domestique de leur suite ob-

server qu'il était étrange que le fils aîné du duc de Monçada fût élevé dans un couvent, et destiné à la vie monastique, tandis que le cadet vivait dans un palais superbe, entouré de tous les maîtres qui convenaient à son rang. Les mots de *vie monastique* sonnèrent affreusement à mes oreilles; ils m'expliquèrent non seulement l'indulgence que l'on avait pour moi dans le couvent, indulgence tout-à-fait contraire à la sévérité ordinaire de la discipline, mais encore le langage particulier que tenaient avec moi le supérieur, les frères et les pensionnaires. Le premier, que je voyais une fois par semaine, donnait les éloges les plus flatteurs aux progrès que je faisais dans mes études, et j'en rougissais,

car je savais que mes progrès ne pouvaient se comparer à ceux de plusieurs
autres pensionnaires. Le père supérieur
me donnait après cela sa bénédiction, à
laquelle il ne manquait jamais d'ajouter
ces mots : « Mon fils, Dieu ne permettra pas que son agneau s'écarte du ber-
cail. »

Les frères prenaient toujours en ma
présence un air de tranquillité qui disait plus en faveur de leur position que
ne l'eût fait l'éloquence la plus exagérée. On me cachait soigneusement les
petites querelles et les intrigues du couvent, le conflit amer et continuel des habitudes, des humeurs et des intérêts,
et les efforts pour varier l'éternelle monotonie de la vie du cloître. Il m'en par-

vint néamoins quelque chose, et malgré ma jeunesse je m'étonnai de ce que des hommes pussent chercher le repos dans une retraite d'où ils ne savaient pas bannir leurs passions.

La même dissimulation régnait parmi les pensionnaires. Si je venais les trouver à l'heure de la récréation, ils se livraient aux amusemens qui leur étaient permis avec une sorte de langueur impatiente; donnant à entendre par-là qu'ils les regardaient comme une interruption fâcheuse aux occupations plus importantes auxquelles ils étaient livrés. Parfois un d'eux s'approchant de moi, me disait :

« Quel dommage que ces exercices soient nécessaires au soutien de notre

fragile nature! Quel dommage que nous
ne puissions consacrer tous nos momens
au service de Dieu! » Un autre ajou-

« Je ne suis jamais plus heureux que
quand je suis dans le chœur! Quel magnifique éloge notre supérieur a prononcé du défunt frère Joseph! Quel
beau *Requiem* on a chanté! Je croyais
en l'écoutant voir les cieux ouverts et
les anges qui descendaient pour recevoir son âme! »

J'étais accoutumé à entendre tous les
jours de pareils discours et bien d'autres encore : je commençai alors à les
comprendre. Ils s'imaginaient sans
doute avoir affaire à un jeune homme
bien faible; mais leurs manœuvres ne

firent qu'exciter ma pénétration : je me tins sans cesse sur le qui vive.

Quand nous nous rendions tous à l'église, ceux qui se trouvaient près de moi se parlaient à voix basse ; mais leurs chuchotemens étaient en secret destinés à parvenir jusqu'à moi. Je leur entendais dire : « C'est en vain qu'il lutte contre la grâce. Il n'y a jamais eu de vocation plus décidée : Dieu n'a jamais remporté une victoire plus glorieuse. Il a déjà tout l'air d'un enfant du ciel. »

A compter de ce jour je commençai à m'apercevoir de mon danger et à réfléchir aux moyens de l'éviter. Je n'avais pas d'inclination pour la vie monastique; mais le soir, après les vêpres,

II.   2

rentré dans ma cellule, j'éprouvai quelques doutes si cette répugnance elle-même n'était pas un péché. Le silence et la nuit rendirent l'impression plus profonde, et je restai plusieurs heures sans dormir, priant Dieu de m'éclairer et de me donner la force de ne point m'opposer à sa volonté; mais le suppliant de me révéler auparavant cette volonté d'une manière incontestable. Enfin, j'ajoutai que si ses vues sur moi n'étaient point celles de la vie religieuse, j'espérais qu'il me soutiendrait dans ma résolution de tout supporter plutôt que de profaner ce saint état par des vœux arrachés et un esprit de répugnance. Pour rendre ma prière plus efficace, je l'offris d'abord au nom de la sainte Vierge,

puis en celui du patron de ma famille;
enfin au nom du saint sous la protection
duquel j'avais été placé en naissant. Je
passai une nuit très-agitée, et j'assistai
aux matines sans avoir fermé l'œil. Je
sentais cependant que j'avais acquis de
la fermeté, ou du moins je le croyais.
Hélas! je ne savais pas ce qui me restait
à souffrir.

Je remplis ce jour-là mes exercices
avec une assiduité plus qu'ordinaire.
J'éprouvais déjà la nécessité de la dissimulation. Nous dînâmes à midi. Bientôt après la voiture de mon père arriva,
et l'on me permit d'aller pendant une
heure me promener sur les bords du
Mançanarès. Je fus surpris de trouver
mon père dans la voiture, et, quoiqu'il

m'embrassât avec un peu d'embarras,
je fus enchanté de le voir.

Mes espérances furent trompées quand
j'entendis la phrase mesurée qu'il m'a-
dressa. Je me glaçai soudain pour lui et
je pris la résolution d'être aussi prudent
à son égard que j'étais obligé de l'être
dans les murs de mon couvent. Notre
conversation commença ainsi :

« Aimez-vous votre couvent, mon
fils ? »

— « *Beaucoup.* » (Il n'y avait pas
une apparence de vérité dans ma réponse ; mais la crainte d'être circonvenu
nous apprend toujours la fausseté.)

— « Le supérieur vous aime. »

— « Il paraît m'aimer. »

— « Les frères sont attentifs à vos

études ; ils sont capables de les diriger et d'apprécier vos progrès. »

« Ils paraissent l'être. »

— « Et les pensionnaires..... ce sont les fils des premières familles d'Espagne..... Je les crois contens de leur situation et impatiens de jouir de tous ses avantages. »

— « Cela me paraît ainsi. »

— « Mon cher fils, vous m'avez trois fois répondu à peu près par la même phrase, et je ne puis y attacher aucun sens. »

— « Parce qu'il m'avait semblé que tout cela n'était que de l'*apparence*. »

— « Comment donc! vous imagineriez-vous que la dévotion de ces saints hommes, la profonde attention que les élèves donnent à leurs études ne sont.... »

— « Mon très-cher père.... je ne me mêle pas de ce qui les regarde; je ne puis parler que de moi..... Je ne saurais jamais être un moine.... Si c'est là votre but.... rejetez - moi..... dites à vos laquais de me faire descendre de votre voiture.... laissez-moi courir les rues de Madrid en criant *du feu et de l'eau* (1)..... mais ne faites pas de moi un religieux. »

Mon père parut étourdi de cette apostrophe. Il ne répondit pas un mot, car il ne s'était pas attendu à apprendre

_____

(1) Du feu pour les cigarres et de l'eau pour boire : cri que l'on entend souvent à Madrid.

d'avance de moi le secret qu'il croyait
avoir à me confier. Dans cet instant la
voiture fit un détour pour entrer sur le
Prado. Un millier d'équipages magnifi-
ques ; des chevaux ornés de plumets et
superbement caparaçonnés ; de belles
femmes causant avec des cavaliers qui se
tenaient un moment sur le marche-pied
de la voiture, et puis faisaient le salut
d'adieu aux dames de leurs pensées : tel
fut le spectacle qui s'offrit à nos yeux. Je
vis dans ce moment mon père arranger
son riche manteau et le réseau de soie
qui nouait ses cheveux, et donner ensuite à son cocher l'ordre muet d'arrêter,
afin qu'il pût descendre et se mêler à la
foule. Je profitai de cet instant, et, saisissant son manteau, je m'écriai :

« Mon père, ce monde vous paraît donc délicieux.... et vous pourriez exiger que j'y renonçasse..... moi..... qui suis votre fils ! »

— « Mais vous êtes trop jeune pour en jouir, mon fils. »

— « Oh ! s'il en est ainsi, je suis encore plus jeune pour cet autre monde où vous voulez me forcer d'entrer. »

— « Vous forcer ! mon enfant ! mon ami ! »

Il prononça ces derniers mots avec tant de tendresse, qu'involontairement je baisai sa main, tandis que ses lèvres se collaient sur mon front. Ce fut dans ce moment que j'étudiai soigneusement la physionomie et toute la personne de mon père.

Il avait été père avant d'avoir seize ans. Ses traits étaient charmans, et sa figure, la plus gracieuse que j'aie jamais vue. Marié de bonne heure, cette heureuse circonstance l'avait préservé de tous les maux qui suivent les excès de la jeunesse, et lui avait conservé cette fraîcheur de teint, cette élasticité des membres, en un mot, cette grâce que le vice flétrit trop souvent avan qu'elle ait eu le temps de s'épanouir. Il n'avait que vingt-huit ans, et il en paraissait à peine vingt. Il sentait ces avantages, et il jouissait des plaisirs de la jeunesse, comme s'il n'eût pas été père de famille : en même temps il condamnait son fils à la froide et cruelle monotonie d'un cloître. Je m'attachai à

II. 3

cette idée avec l'ardeur d'un homme qui se noie; mais je trouvai qu'il n'y a point de paille aussi faible que le sentiment mondain des hommes.

Le plaisir est égoïste, et l'égoïsme qui demande du secours à l'égoïsme ressemble à un banqueroutier qui donnerait un autre banqueroutier pour caution. Je m'imaginai cependant que si le goût du plaisir rend un homme personnel dans un sens, il devait le rendre généreux dans un autre. Le voluptueux ne renoncerait pas, à la vérité, à la plus légère satisfaction pour sauver le monde entier; mais il serait bien aise que le monde entier jouît avec lui, pourvu qu'il ne lui en coûtât rien,

parce que sa jouissance en serait augmentée.

Je commençai donc par supplier
mon père de permettre que je revisse
encore une fois la scène brillante qui
s'offrait à nous. Il y consentit, et son
cœur, adouci par sa condescendance,
et égayé par le spectacle qui l'intéres-
sait plus que moi, car je ne l'observais
que pour découvrir l'effet qu'il ferait
sur lui, son cœur, dis-je, me devint
de plus en plus favorable. J'en profitai;
et, quand nous retournâmes au couvent, je mis en usage tout le pouvoir
de mon génie et de ma raison, pour
faire à sa tendresse un appel énergique.
Je me comparai à l'infortuné Esaü,
privé de son droit d'aînesse par un frère

cadet, et je m'écriai dans son langage :
« N'avez - vous point de bénédiction
pour moi ? ô mon père ! bénissez-moi
aussi ! »

Mon père fut touché : il me promit
de réfléchir à ce que je lui demandais;
mais il me fit entendre qu'il éprouverait
quelques difficultés de la part de ma
mère, davantage de la part de son directeur, qui, d'après ce que je découvris plus tard, gouvernait toute la famille; et enfin il me dit très-vaguement
qu'il pourrait exister, à l'accomplisse-
ment de mes désirs, un obstacle in-
surmontable et inexplicable. Mon père
me permit cependant de lui baiser
la main en partant, et je m'aperçus
qu'il combattait contre son émotion,

en le sentant baigné de mes larmes.

Deux jours après, on vint m'annoncer que le directeur de ma mère m'attendait au parloir. Je pensai que l'intervalle qui s'était écoulé depuis ma conversation avec mon père avait peut-être été employé à une discussion de famille, ou, pour mieux dire, à une conspiration contre moi, et je tâchai de me préparer aux divers combats que j'aurais à soutenir contre mes parens, mes directeurs, mes supérieurs, mes novices et mes pensionnaires , tous résolus de remporter la victoire, sans égard aux moyens qu'ils employeraient pour y parvenir. Je commençai à mesurer le pouvoir des assaillans, afin de me munir des armes nécessaires pour repousser leurs attaques. Mon père était doux, flexible et sans fermeté. Je l'avais adouci en ma faveur, et je sentais que c'était là tout ce que je devais attendre de lui. Quant au directeur, il fallait d'autres armes. En descendant au parloir, je composai mes regards et ma marche, je modulai ma voix, j'arrangeai mes habits. Je lui trouvai un air grave, mais doux : j'espérai quelques remords. Peut-être, dis-je en moi-même, est-ce un message de réconciliation qu'il m'apporte.

Notre conversation fut longue, et je découvris dès-lors dans le directeur cette profonde politique qui n'a rendu les Jésuites que trop fameux. Il commença par me parler d'un ton d'ironie

de ma vanité, qui me faisait croire que
je savais mieux que mes parens ce qui
me convenait ; puis il me dit qu'il existait un motif profond et secret qui for-
çait mes parens à exiger de moi ce sacrifice. Quand je lui demandai l'expli-
cation de ce mystère, il s'enveloppa
d'un mystère plus profond encore.
L'honneur d'une des premières maisons
de l'Espagne, la paix d'une famille entière, la délicatesse d'un père, la réputation d'une mère, les intérêts de la
religion, le salut éternel d'un individu,
tout cela, me dit-il, dépendait de moi.
Il me supplia de ne pas les exposer, et
alla même jusqu'à tomber à mes genoux. A cette vue, je me sentis humilié
pour lui : elle détruisit tout l'effet de

son discours. Je lui répondis avec fermeté que je n'embrasserais *jamais* la vie religieuse. La colère fit place alors aux supplications, et il sortit une seconde fois de son caractère, mais dans un sens opposé. Cette fois-ci il ne me laissa pas le temps de répondre; et, rentrant tout de suite en lui-même, il se reprocha sa vivacité, et, reprenant le ton mielleux avec lequel il avait commencé, il me demanda pardon, et me proposa de prier Dieu ensemble, afin qu'il daignât m'éclairer. Je tombai à genoux dans l'intention de faire une prière mentale; mais je fus bientôt entraîné par la ferveur de son langage. L'éloquence et l'énergie de ses discours m'emportèrent avec lui, et je me sentis forcé de prier dans un sens tout différent de celui que dictaient les vœux les plus ardens de mon cœur. Il avait réservé ce trait pour le dernier, et il avait bien fait. Jamais je n'avais rien entendu qui ressemblât autant à de l'inspiration. En écoutant involontairement des effusions qui ne semblaient pas provenir de la bouche d'un mortel, je commençai à douter de mes propres motifs et à scruter mon cœur. J'avais dédaigné ses menaces, j'avais défié sa colère; mais il priait, et je fondais en larmes.

J'étais enfin dans la situation d'esprit où il avait voulu m'amener. En me quittant, il m'engagea à réitérer mes prières pour que Dieu m'éclairât, tandis que de son côté il allait s'adresser au ciel pour qu'il daignât toucher le cœur de mes parens et leur révéler quelque moyen de m'épargner le crime et le parjure d'une vocation forcée, *sans se laisser entraîner eux-mêmes dans un crime, s'il se pouvait, plus grand et plus épouvantable encore.* Il me quitta pour retourner auprès de mes parens et pour les pousser par son influence aux mesures les plus rigoureuses contre moi. Ses motifs pour une telle conduite étaient déjà suffisamment graves avant qu'il m'eût parlé. Leur force se trouva décuplée après son départ. Excité d'abord par sa conscience seule, maintenant son amour-propre s'y trouvait engagé; et je n'eus

que trop lieu de découvrir l'importance qu'il y mettait.

Quoi qu'il en soit, je passai les jours
qui suivirent sa visite dans un état d'irritation impossible à décrire. J'avais
quelque chose à espérer, ce qui vaut
souvent mieux que de jouir d'un bonheur
actuel. La coupe de l'espérance invite
à boire, celle de la jouissance trompe
ou étanche la soif. Je faisais seul de
longues promenades dans le jardin du
couvent. J'inventais des conversations
imaginaires. Les pensionnaires me regardaient, et conformément à leurs
instructions, ils se disaient entre eux :
« Il médite sur sa vocation. Il supplie
que la grâce vienne l'illuminer. Ne le
troublons pas. »

Je ne jugeai pas convenable de les détromper et je continuai à me livrer à mes rêveries. Je m'imaginais être dans le palais de mon père. Je le voyais délibérant avec ma mère et le directeur. Je parlais pour chacun d'eux ; je sentais pour tous. Je me peignais l'éloquence passionnée du directeur, ses vives représentations sur ma répugnance à prendre l'habit, sa déclaration que de nouvelles importunités seraient désormais aussi impies qu'inutiles. Je voyais renaître l'impression que je me flattais d'avoir déjà faite sur mon père. Je voyais ma mère céder. Je voyais le murmure du consentement, d'abord douteux, puis décidé et suivi de félicitations. Je voyais approcher la voiture. J'entendais

la porte du couvent s'ouvrir. Liberté!
liberté! J'étais dans leurs bras : non,
j'étais à leurs pieds. Que ceux qui me
trouvent ridicule se demandent si ce
n'est pas à l'imagination qu'ils ont dû
les seules véritables jouissances qu'ils
aient éprouvées dans leur vie. Dans ces
drames que je composais ainsi im-
promptu, je sentais cependant que les
personnages ne parlaient pas avec tout
l'intérêt que j'aurais désiré, et les discours que je mettais dans leur bouche
auraient été prononcés avec dix mille
fois plus d'âme par moi-même.

Le sixième jour, j'entendis une voiture et mon cœur battit avec violence.
J'étais convaincu que je reconnaissais
le bruit des roues. Avant que l'on m'eût

appelé, j'étais déjà dans le vestibule.
Je sentais qu'il était impossible que je
me trompasse, et en effet je ne me
trompais pas. J'arrivai au palais de mon
père dans un véritable délire. On m'in-
troduisit dans une chambre où je trouvai mon père, ma mère et le directeur,
tous assis dans le plus profond silence
et immobiles comme des statues. Je
m'approchai; je leur baisai la main et
puis je m'éloignai sans pouvoir respirer. Mon père fut le premier qui rom-
pit le silence; mais il parla de l'air d'un
homme qui répétait un rôle qu'on lui
avait dicté. Le ton de sa voix contredisait tous les mots qu'il était censé
prononcer.

« Mon fils, » me dit-il, « je vous ai

envoyé chercher non pas pour combattre encore votre faiblesse et votre opiniâtreté, mais pour vous annoncer ce que j'ai résolu. La volonté du ciel et celle de vos parens vous ont consacré au service de Dieu, et votre résistance ne peut que nous rendre tous malheureux, sans ébranler cette résolution. »

Dans ce moment le besoin de prendre haleine me força d'ouvrir la bouche ; mon père s'imaginant que j'allais répondre, quoique je fusse incapable de prononcer un mot, se hâta de m'en empêcher.

« Mon fils, toute opposition est inutile; toute discussion serait sans fruit. Votre sort est fixé. En vous débattant, vous pourrez le rendre misérable; mais vous ne le changerez point. Conformez-vous, mon enfant, à la volonté du ciel et de vos parens. Ce révérend personnage vous expliquera mieux que moi la nécessité de votre obéissance. »

Mon père évidemment fatigué d'une tâche qu'il avait entreprise à regret, se levait pour se retirer, quand le directeur lui dit :

« Arrêtez, seigneur, et avant de partir assurez votre fils que j'ai rempli la promesse que je lui ai faite, et que depuis ma dernière entrevue avec lui je n'ai négligé aucun argument pour porter madame la duchesse à prendre la décision la plus conforme à ses meilleurs intérêts. »

L'ambiguité de cette expression ne

m'échappa pas et rassemblant mes forces, je dis à mon tour :

« Révérend père, je suis fils, et je
n'ai besoin de personne pour intercéder auprès de mes propres parens. Je
suis devant leurs yeux, et si leur cœur
ne parle pas pour moi, votre média-
tion sera tout-à-fait inutile. Je vous
avais seulement prié de leur faire connaître mon invincible répugnance. »

A ces mots, ils m'interrompirent
tous en répétant mes dernières paroles.

« Répugnance ! invincible ! Est-ce
pour cela que nous vous avons admis
en notre présence ? N'avons-nous sup-
porté si long-temps votre opiniâtreté
que pour que vous aggraviez encore
votre faute ? »

II.   4

— « Oui, mon père, oui, sans doute. Si l'on ne me permet point de parler, pourquoi m'a-t-on amené ici ? »

— « Parce que nous espérions être témoins de votre soumission. »

— « Permettez-moi d'en donner des preuves à genoux. »

Je m'agenouillai en effet, espérant que cette humble posture adoucirait l'effet des paroles que je ne pouvais m'empêcher de prononcer. Je baisai la main de mon père. Il ne la retira pas et je la sentis trembler. Je baisai le bas de la robe de ma mère. D'une main elle voulut la retirer, tandis que de l'autre elle se cachait le visage, et je vis des larmes s'échapper sous ses doigts. Je me mis aussi à genoux devant le directeur ; mais il m'arracha sa robe et leva les yeux au ciel, comme pour le prendre à témoin de l'horreur que je lui faisais. Je sentis alors que je n'avais d'espoir que du côté de mes parens. Je me retournai vers eux, mais ils m'évitèrent et parurent désirer que le directeur se chargeât du reste. Il s'approcha de moi et dit :

« Mon fils, vous avez prononcé que votre répugnance pour la vie de Dieu était invincible ; mais ne peut-il pas y avoir des choses plus invincibles encore pour votre courage ? Supposez les malédictions de ce Dieu, confirmées par celles de vos parens, et aggravées par les foudres de l'Eglise, dont vous avez rejeté les avances. »

— « Mon père, ce sont là de terribles *paroles*, mais j'ai besoin maintenant de *faits*. »

— « Insensé! je ne vous comprends pas. Vous comprenez-vous vous-même? »

« Oh! oui, oui, » lui dis-je; et, toujours à genoux, je me tournai encore vers mon père et je m'écriai :

« O mon cher père! la vie.... la vie humaine est - elle toute entière fermée pour moi? »

« Elle l'est, » dit le directeur répondant pour mon père.

— « N'y a-t-il pour moi aucun secours? »

— « Aucun. »

— « Point de profession ? »

— « *Une profession !* misérable! »

— « Permettez que j'embrasse la plus vile de toutes, pourvu que je ne sois pas un moine. »

— « Il est aussi corrompu que faible. »

— « O mon père! mon père! ne souffrez pas que cet homme réponde pour vous. Donnez-moi une épée; dites-moi d'aller chercher la mort dans les armées de l'Espagne. La mort est tout ce que je demande; je la préfère à la vie à laquelle vous voulez me condamner. »

« C'est impossible, » dit mon père, en revenant d'un air sombre de la fenêtre contre laquelle il s'était appuyé, « l'honneur d'une famille illustre, la dignité d'un grand d'Espagne.... »

— « O mon père! que cela vous paraîtra peu de chose, quand vous m'aurez vu mourir d'une mort prématurée, et que vous-même vous vous consumerez de douleur sur ma tombe. »

Mon père frémissait. « Seigneur, » dit le directeur, « je vous supplie de vous retirer. Cette scène est trop forte pour vous. »

« Vous me quittez ! » m'écriai-je en le voyant partir.

« Oui, oui, » répéta le directeur, « ils vous quittent chargé de la malédiction de votre père.... »

« Oh non, » dit mon père à voix basse ; mais le directeur lui prit la main et la serra avec force.

« ... . De votre mère.... »

J'entendais couler les larmes de ma mère.

« .... Et de Dieu ! »

En disant ces mots d'un ton théâtral, il entraîna mes parens hors de la chambre, et je restai seul. Dans mon désespoir je m'écriai : « Oh ! si mon frère était ici pour intercéder en ma faveur ! » En prononçant ces paroles je tombai ; ma tête heurta contre une table de marbre, et je glissai par terre couvert de sang.

Les domestiques me trouvèrent dans cette situation. Ils jetèrent des cris ; on vint à mon secours. On crut d'abord que j'avais voulu attenter à ma vie. Heureusement le chirurgien que l'on appela était un homme aussi savant qu'humain. Après avoir coupé mes cheveux ensanglantés et avoir examiné la plaie, il déclara qu'elle était peu considérable. Ma mère sans doute pensa comme lui, car au bout de trois jours elle me fit appeler dans son appartement. J'obéis. Un bandeau noir, une vive douleur dans la tête, et une pâleur peu naturelle étaient les seules marques que je conservasse de mon accident. Le directeur avait persuadé à ma mère que le moment était favorable pour faire sur moi une impression décisive.

Jamais je n'oublierai mon entrevue avec ma mère. Elle était seule quand j'entrai, et avait le dos tourné contre la porte. Je m'agenouillai et lui baisai la main. Ma pâleur et ma soumission parurent la toucher; mais après avoir combattu son émotion, elle la vainquit et me dit d'un ton froid et *préparé :*

« Pourquoi ces marques extérieures de respect quand votre cœur les désavoue? »

— « Madame, ma conscience ne me reproche point de dissimulation. »

« Votre conscience! comment se fait-il donc que vous soyez ici? Comment n'avez-vous pas depuis long-temps épargné à votre père la honte d'adresser des prières à son propre enfant? La honte, plus humiliante encore, de les lui adresser en vain? Comment n'avez-vous pas épargné au père directeur le scandale de voir l'autorité de l'église violée dans la personne de son ministre, et les remontrances du devoir aussi peu efficaces que la voix de la nature? Et moi!... Oh! pourquoi ne m'avez-vous pas épargné ce moment de douleur et de honte? »

En prononçant ces mots elle fondit en larmes, et ses pleurs pénétrèrent jusqu'au fond de mon âme.

« Madame, » lui dis-je, « qu'ai-je fait pour mériter des reproches si cruels? Ma répugnance pour la vie monastique n'est pas un crime. »

— « Elle est un crime en vous. »

— « Mais, de grâce, ma chère mère, si l'on faisait la même proposition à mon frère, son refus serait-il aussi un crime ? »

Je dis cela presque sans savoir ce que je disais, et seulement par manière de comparaison. Je n'y entendais pas malice, et je ne voulais accuser ma mère que d'une injuste partialité. Elle me détrompa, en ajoutant, d'une voix qui me glaça le sang : « Il y a une grande différence entre vous. »

— « Je le sais, Madame, il est votre favori. »

— « Non : j'en prends le ciel à témoin; non. »

Ma mère, qui avait paru jusque-là si sévère, si décisive, si impénétrable, prononça ces paroles avec une sincérité qui me toucha. Il semblait qu'elle en appelât au ciel des préventions de son enfant.

« Mais, Madame, lui répondis-je, cette différence est inexplicable. »

— « Et voudriez-vous que ce fût *moi* qui l'expliquât ? »

— « Vous ou tout autre, Madame. »

— « *Moi* ! » répéta-t-elle sans m'écouter. Puis baisant un crucifix qu'elle portait au cou, elle ajouta : « Mon Dieu ! le châtiment est juste, je m'y soumets, quoiqu'il me soit infligé par mon propre enfant. Vous êtes illégitime, » ajouta-t-elle en se tournant tout à coup vers moi ; « vous êtes illégitime, et votre frère ne l'est pas ; votre entrée dans la maison de votre père est non-seulement une honte pour elle, mais encore un avertissement éternel de ce crime qu'il aggrave sans l'absoudre. »

Je restai muet.

« O mon enfant, » continua-t-elle, « prenez pitié de votre mère. Cette confession que son propre fils lui a extorquée, ne suffit-elle pas pour sa faute? »

— « Continuez, Madame ; maintenant je puis tout supporter. »

— « Il faut bien que vous le supportiez, puisque c'est vous qui m'avez forcée à cet aveu. Je suis d'un rang très-inférieur à celui de votre père. Vous fûtes notre premier enfant. Il m'aima, et pardonnant ma faiblesse, dans laquelle il trouvait une preuve de mon amour, il m'épousa, et votre frère est notre enfant légitime. Votre père, soigneux de ma réputation, convint avec moi que notre mariage ayant été secret, et son époque étant incertaine, vous passeriez pour légitime comme lui. Pendant bien des années, votre grand-père, irrité de notre union, refusa de nous voir, et nous vécûmes dans la retraite. Hélas! que n'y ai-je terminé mes jours! Peu de temps avant sa mort, il s'adoucit, et nous envoya chercher. Ce n'était pas le moment de lui faire connaître l'erreur où il était, et vous lui fûtes en conséquence présenté comme l'enfant de son fils, comme l'héritier de ses honneurs. Mais à compter de ce jour, je n'eus pas un instant de repos. Le mensonge que j'avais osé prononcer devant Dieu et le monde à un père mou-

rant, l'injustice que je commettais envers votre frère, la violation des devoirs
naturels et des droits légitimes, tout
se réunit pour exciter des remords
qui me reprochaient non-seulement ma
première faute et mon parjure, mais
même un sacrilége. »

— « Un sacrilége! »

— « Oui! chaque instant que vous
tardez à prendre l'habit religieux, est
un vol que vous faites à Dieu. Avant
que vous fûtes au monde, je vous con-
sacrai à lui, comme la seule expiation
possible de mon crime. Pendant que je
vous portais encore dans mon sein, j'osai
implorer son pardon, sous la condition
que vous intercéderiez pour moi, en
qualité de ministre de la religion. Avant

que vous fussiez en état de parler, je
me fiais à vos prières. Je me proposai
de confier le soin de ma pénitence à
un être qui, en devenant l'enfant de
Dieu, expierait la faute que j'avais
commise en faisant de lui l'enfant du
péché. Dans mon imagination, je me
prosternais déjà devant votre confes-
sionnal; je vous entendais prononcer
mon absolution par l'autorité de l'église
et par l'ordre du ciel. Je vous voyais
au chevet de mon lit de mort, pressant
la croix contre mes lèvres glacées, et
montrant du doigt le ciel, où par mon
vœu je vous avais assuré une place.
Vous voyez que dès avant votre nais-
sance, je m'efforçais déjà de vous élever
au ciel; et pour toute récompense,

vous voulez nous entraîner l'un et l'autre dans l'abîme de la perdition. O mon fils, si nos prières et notre intercession peuvent être de quelque secours aux âmes de nos ⁓⁓⁓ ne fermez point l'oreille à une mère vivante qui vous conjure de ne pas mettre le sceau à sa condamnation éternelle. »

J'étais hors d'état de répondre. Ma mère le vit et redoubla d'efforts.

« Mon fils, si je croyais qu'en me jetant à vos genoux je pourrais vaincre votre opiniâtreté, vous m'y verriez à l'instant même. »

— « Cessez, Madame : un pareil spectacle devrait me tuer. »

— « Et cependant vous ne voulez point céder !... La douleur que me cause cet aveu, les intérêts de mon salut et du vôtre, le soin de ma vie ne vous touchent pas ! »

Elle s'aperçut que ces paroles me faisaient trembler, et elle répéta les dernières.

« Oui, le soin de ma vie. Je ne survivrai pas au jour où votre inflexibilité m'aura exposée à l'infamie; si vous avez de la fermeté, j'en ai aussi. Et je n'en crains pas les suites : car Dieu vengera sur votre âme et non sur la mienne, le crime auquel un enfant ingrat m'aura portée.... Et pourtant vous ne voulez pas céder.... Eh bien! j'y consens, l'abaissement de mon corps n'est rien auprès de cet abaissement de l'âme auquel vous m'avez déjà poussée. Je suis aux pieds de mon enfant, et je lui demande la vie et le salut. »

Ma mère s'agenouilla devant moi en disant ces mots. Je voulus la relever. Elle me repoussa, et s'écria d'une voix affaiblie par son désespoir : « Et vous ne voulez pas céder ! »

— « Je n'ai pas dit cela ! »

— « Et qu'avez-vous donc dit ?... Ne me relevez pas ; ne m'approchez pas, avant de m'avoir répondu. »

— « J'ai dit que j'y réfléchirais. »

— « Réfléchir ! il faut vous décider. »

— « Eh bien donc, je suis décidé. »

— « A quoi ? »

— « A faire de moi tout ce que vous voudrez. »

A peine eus-je prononcé ces mots,

que ma mère tomba sans connaissance à mes pieds. Quand je m'efforçai de la soulever, dans le doute si elle vivait encore, je sentis que je ne me serais jamais pardonné, si un refus de ma part l'avait réduite à cet état.

CHAPITRE VIII.

SUITE DE L'HISTOIRE DE L'ESPAGNOL.

———————

JE ne tardai pas à être accablé de re-
mercîmens, de bénédictions et d'em-
brassemens. Je les reçus avec une main
tremblante, des lèvres glacées, un esprit agité et un cœur pétrifié. Je voyais
tout comme dans un songe. En retour-
nant au couvent je sentais que mon
sort était fixé, et je n'avais aucun désir
de le détourner ou de l'arrêter. Je répétais sans cesse en moi-même : « Il
faut que je sois un moine! » Toute
discussion se terminait par là. Si l'on

me louait de la manière dont je remplissais mes devoirs, ou si l'on me reprochait de la négligence, je ne montrais ni joie ni chagrin, et je me bornais à dire : « Il faut que je sois un moine ! » M'engageait on à me promener dans le jardin du couvent, ou me faisait-on des observations sur ce que je prolongeais mes promenades au-delà des heures réglées, je répondais encore : « Il faut que je sois un moine ! »

En attendant on me témoignait la plus grande indulgence. Un fils, le fils aîné du duc de Moncada, prononçant ses vœux, était un grand triomphe pour le couvent, qui ne manquait pas de s'en glorifier. Ils me demandèrent quels étaient les livres que je désirais lire. Je répondis : « Ce qui vous plaira. » Ils voyaient que j'aimais les fleurs ; et des vases de porcelaine, remplis des plus brillans produits de leur jardin, embellissaient ma chambre et étaient renouvelés chaque jour. J'étais amateur de musique ; je chantais souvent involontairement pendant l'office ; ma voix était belle, et ma profonde mélancolie lui donnait une expression peu ordinaire : ils en profitèrent pour m'assurer que mes chants étaient comme inspirés.

A toutes ces marques d'indulgence, je témoignai une ingratitude bien éloignée de mon caractère. Je ne lisais jamais les livres qu'ils me fournissaient, je négligeais les fleurs dont ils ornaient

ma chambre, et je ne touchais jamais
l'orgue précieux qu'ils avaient fait pla-
cer dans mon appartement, que pour
en tirer de temps à autre quelques sons
tristes et mélancoliques. Quand on me
pressait de cultiver mes talens pour la
peinture ou la musique, je répondais
encore avec la même apathique monotonie : « Il faut que je sois un moine! »

— « Mais, mon frère, l'amour des
fleurs, de la musique, de tout ce qui
peut être consacré à Dieu, est digne
aussi de l'attention de l'homme. Vous
abusez de l'indulgence du supérieur.

— « Peut-être. »

— « Vous devez, par reconnaissance
pour Dieu, le remercier de ces aima-
bles ouvrages de sa création. » (Ma

chambre, en cet instant, était pleine de roses et d'œillets.)

« Vous devez aussi le remercier du talent qu'il vous a accordé de chanter ses louanges. Votre voix à l'église est la plus pure et la plus ferme. »

— « Je n'en doute pas. »

— « Mon frère, vous répondez au hasard. »

— « Précisément comme je sens ; mais n'y faites pas attention. »

— « Voulez-vous faire un tour au jardin ? »

— « Si cela vous plaît. »

— « Ou bien voulez-vous chercher de la consolation en causant un moment avec le supérieur ? »

— « Je ne demande pas mieux. »

II. 6

— « Pourquoi parlez-vous avec tant d'apathie. L'odeur de ces fleurs et les consolations du supérieur vous sont-elles également indifférentes ? »

— « Je le crois. »

— « Pourquoi ? »

— « Parce qu'il faut que je sois un moine. »

— « Ne prononcerez-vous donc jamais autre chose, mon frère, que cette phrase qui ressemble aux discours d'un esprit en délire ? »

— « Imaginez-vous donc que je suis égaré, stupide..... tout ce qu'il vous plaira.... car vous savez qu'il faut que je sois un moine. »

A compter de cette soirée, je fus moins libre : on ne me permit plus de me promener, de causer avec les pensionnaires ou les novices; une table séparée était dressée pour moi dans le réfectoire. A l'office, les siéges les plus proches du mien restaient vacans. Ma cellule était cependant toujours ornée de fleurs et d'estampes. On plaçait sur ma table les bijoux les plus artistement travaillés. Je ne m'aperçus pas que l'on me traitait comme un homme dont la raison était aliénée, et pourtant ces expressions que je répétais si follement pouvaient bien justifier un pareil soupçon.

Le directeur venait souvent me voir, et m'examinait avec le plus grand soin. D'un autre côté, des consultations sans fin se tenaient au palais de Monçada,

pour savoir si mon esprit était assez net
pour me permettre de prononcer les
vœux. Le supérieur prenait à cet égard
mon parti avec une fermeté inconcevable. Il laissait continuer le tumulte
pour augmenter son importance ; mais
il avait décidé, quelque chose qui arri-
vât, que rien ne m'empêcherait de faire
profession. J'ignorais tout ceci ; aussi
ma surprise fut grande quand, la veille
du jour où devait expirer mon noviciat,
on m'appela le soir au parloir. J'avais
rempli mes exercices religieux avec régularité, je n'avais essuyé aucun reproche
de la part du maître des novices, et je
n'étais nullement préparé à la scène qui
m'attendait.

Je trouvai rassemblés au parloir mon

père, ma mère, le directeur et quelques autres personnes que je ne reconnus pas. Je m'avançai d'un pas égal et avec un regard calme. Je crois que j'étais aussi maître de ma raison qu'aucun des assistans, le supérieur me prenant par le bras, me fit faire le tour de la salle, disant : « Vous voyez. »

Je l'interrompis. « Monsieur, que veut dire ceci ? »

Il ne répondit qu'en mettant les doigts sur la bouche. Il me pria ensuite de montrer mes dessins. Je les apportai ; et, posant un genou en terre, je les présentai d'abord à ma mère, puis à mon père : c'étaient des croquis, et ils représentaient des monastères et des prisons. Ma mère détourna les yeux, et mon père dit en les repoussant : « Je n'ai pas de goût pour ces choses-là. »

« Mais vous aimez sans doute la musique, » dit le supérieur, « Il faut que vous l'entendiez. »

Il y avait un petit orgue dans la chambre à côté du parloir. Ma mère n'y put être admise, mais mon père nous suivit pour m'entendre. Je choisis involontairement un air du *Sacrifice de Jephté*. Mon père s'en émut et me pria de cesser. Le supérieur s'imagina que cette émotion était un triomphe pour son parti. Jusqu'à ce moment je n'avais pas cru que je pusse être l'objet d'un parti dans le couvent. Voici ce qui en était : Le supérieur, résolu de faire de moi un jésuite, croyait son honneur engagé à

prouver que ma raison était saine. Les
moines de leur côté désiraient un exorcisme, un *auto-da-fé* ou quelque au·
tre bagatelle de ce genre, non par mé·
chanceté, mais pour varier la monotonie de leur vie : c'est pourquoi ils auraient voulu que je fusse ou que je pa-
russe fou ou possédé. Leurs vœux ne
furent pas accomplis. Je me conduisis
de la manière la plus raisonnable, et le
lendemain fut le jour fixé pour faire
mes vœux.

Le lendemain ! oh ! que ne puis je décrire cette journée ! mais je sens que
cela m'est impossible. La profonde stupeur dans laquelle j'étais plongé m'em-
pêchait de faire attention à des choses
qui auraient frappé le spectateur le plus

désintéressé. J'étais si absorbé que, quoique je me rappelle des faits, je ne saurais donner la moindre idée des sensations qu'ils excitèrent en moi. Trois fois, pendant le cours de la nuit, je fus réveillé par le supérieur qui venait me faire part qu'il macérait sa chair au pied des autels à mon intention. La dernière fois, impatienté, je m'écriai : « Qu'on me laisse tranquille ; on permet du moins aux criminels de dormir la veille de leur supplice. » Le supérieur s'éloigna de ma porte en frémissant, et n'y revint plus.

L'aurore parut. Je savais ce qu'elle me préparait. Je voyais en imagination la scène qui allait avoir lieu. Tout à coup mes idées changèrent : je sentis en moi le plus formidable mélange de malignité, de désespoir et de puissance. Des éclairs semblaient partir de mes yeux pendant que je réfléchissais. Je pouvais en un instant faire changer de place aux sacrificateurs et à la victime. On vint m'habiller. Je fis part à ceux qui me paraient de l'idée épouvantable qui m'était venue, et, en la répétant, je fis un grand éclat de rire. Ce rire les effraya ; ils se retirèrent, et allèrent communiquer au supérieur l'état où ils m'avaient trouvé.

Celui-ci arriva dans mon appartement, et je vis à son entrée qu'il n'était pas moins effrayé qu'eux.

« Mon fils, qu'est-ce que tout ceci signifie ? »

II. 7

— « Rien, mon père, rien qu'une pensée qui m'avait soudain frappé. »

— « Nous discuterons ce point une autre fois, mon fils ; pour le présent... »

— « *Pour le présent*, » répétai-je avec un autre éclat de rire qui sans doute déchira les oreilles du supérieur, « pour le présent, je n'ai qu'une alternative à proposer : que mon père ou mon frère prennent ma place, voilà tout. Je ne veux pas être un moine. »

A ces mots, le supérieur se mit à marcher dans ma cellule avec toute l'apparence du désespoir. Je le suivis en répétant des injures et des blasphêmes qui dûrent le glacer d'horreur. Ce fut en vain qu'il me représenta que tout était arrangé, que j'avais achevé mon

noviciat, que tout Madrid était assem-
blé pour me voir prononcer mes vœux;
ses raisonnemens ni ses supplications
ne purent m'émouvoir. Les argumens
mêmes qu'il tira de la religion furent
sans effet, ou plutôt ils ne servirent qu'à
m'aigrir. Notre conversation fut très-
longue, et quand j'y réfléchis, je ne saurais encore aujourd'hui m'expliquer
comment je pus avoir la force de prononcer toutes les horreurs qui sortaient
de ma bouche. A toutes mes invectives,
le supérieur répondait avec le calme le
plus parfait. Enfin, quand je crus l'a-
voir poussé à bout, il garda pendant
quelques instans le silence, et me dit
ensuite :

« Mon fils, vous vous êtes révolté

contre Dieu; vous avez résisté à sa volonté, vous avez profané son sanctuaire
et insulté son ministre. En son nom et
dans le mien, je vous pardonne tout ce
que vous avez fait. Jugez de la différence de nos systèmes par la différence
de leurs effets sur nous. Vous insultez,
vous diffamez, vous accusez; je bénis
et je pardonne. Mais j'abandonne une
question que vous n'êtes pas maintenant en état de traiter, et je ne ferai
plus usage que d'un seul argument. Si
celui-là ne vous décide pas, je ne m'op-
poserai plus à vos désirs, je ne vous
presserai plus de prostituer un sacrifice
qui serait méprisé des hommes et dédaigné de Dieu. Je dis plus, je ferai ce qui
dépendra de moi pour combler ces

désirs qui sont désormais les miens. »

A ces mots si pleins de douceur et de sincérité, j'allais me jeter à ses pieds; mais la crainte et l'expérience me retinrent; je me contentai de le saluer.

« Promettez-moi seulement d'attendre avec patience que je vous aie offert ce dernier argument. Du reste, je vous préviens, qu'il réussisse ou non, j'y mets peu d'intérêt et moins encore de souci. »

Je promis, et le supérieur sortit. Il revint au bout de quelques instans : son air était un peu plus troublé, et je voyais qu'il faisait des efforts pour se calmer. Il était ému; mais je ne pouvais distinguer si c'était pour lui-même ou pour moi. Il entr'ouvrit la porte, et ses premières paroles m'étonnèrent.

« Mon fils, vous connaissez bien l'histoire classique. »

— « Oui, mon père. Mais qu'est-ce que l'histoire a de commun avec ma position ? »

— « Vous vous rappelez sans doute le trait remarquable d'un général romain, qui, après avoir repoussé le peuple, les sénateurs, les prêtres; après avoir foulé aux pieds les lois, outragé la religion.... se laissa enfin émouvoir par la nature, et qui céda lorsque sa mère se prosterna devant lui en s'écriant : « Mon fils, pour vous rendre à Rome, il faudra passer sur le corps de celle qui vous porta dans son sein. »

— « Je sais tout cela. Mais à quoi cela tend-il ? »

— « *A ceci,* » s'écria-t-il en ouvrant la porte et en ajoutant : « Soyez, si vous le pouvez, plus inflexible qu'un payen. »

Je m'avançai : quelle fut mon horreur en apercevant ma mère prosternée devant le seuil, le visage contre terre. Elle me dit d'une voix étouffée :

« Approchez.... rompez vos vœux... mais vous ne vous élancerez au parjure que sur le corps de votre mère. »

Je voulus la soulever; mais elle s'attachait à la terre, en répétant sans cesse les mêmes paroles. Son magnifique costume qui couvrait le carreau de diamans et de velours, contrastait avec l'humilité de sa position et avec le désespoir qu'exprimaient ses yeux chaque fois qu'elle les levait pour me regarder.

Eperdu d'horreur et de chagrin, je tombai presque sans connaissance dans les bras du supérieur, qui saisit ce moment pour me porter à l'église. Ma mère nous suivit. La cérémonie commença. Je fis vœu de chasteté, de pauvreté et d'obéissance, et au bout de quelques instans, mon sort fut irrévocablement fixé.

Après ce moment affreux, les jours se suivirent, les mois s'écoulèrent sans m'avoir laissé à peine un souvenir. J'ai sans doute éprouvé des émotions diverses; mais il ne m'en reste pas plus de trace que la mer n'en conserve de ses flots. Mes sens et mon esprit étaient ensevelis dans une stupeur complète: c'était peut-être là l'état le plus convenable à l'existence monotone à laquelle

j'étais condamné. Il est certain que je
remplissais mes fonctions conventuelles
avec une régularité qui ne donnait lieu
à aucun blâme, mais aussi avec une
apathie qui excluait tout éloge. Ma vie
était comme une mer sans flux. La
cloche qui nous appelait à l'office n'é-
tait pas plus exacte à sonner que je ne
l'étais à obéir à la sommation. L'automate, construit d'après les principes
du mécanisme le mieux combiné, et
agissant avec une ponctualité presque
miraculeuse, ne donne pas plus de motifs de plainte à l'artiste que je n'en don-
nais au supérieur et à la communauté.
J'étais toujours le premier à ma place
au chœur. Je ne recevais point de visites
au parloir; quand on me permettait de

sortir, je refusais la permission. Si le couvent faisait pénitence, je la faisais avec lui; si l'on accordait une récréation extraordinaire, je n'en profitais pas. Jamais je ne demandais à être dispensé des prières du matin ou du jeûne des vigiles. Je gardais le silence dans le réfectoire; et quand je me promenais dans le jardin, j'étais toujours seul. Je ne pensais point, je ne sentais point, je ne vivais point, du moins si la vie consiste à se rendre compte de son existence et à agir d'après sa volonté.

Cette manière d'être paraissait si extraordinaire aux religieux du couvent, qu'ils renouvelèrent la vieille histoire de ma folie, et qu'ils résolurent d'en tirer parti. Au réfectoire, ils se parlaient à l'oreille; ils se consultaient au jardin, secouaient la tête, me montraient au doigt, et finissaient, je crois, par se persuader que ce qu'ils pensaient était vrai. Ils crurent alors que leur conscience était intéressée à scruter cette affaire jusqu'au fond. Une députation, ayant à sa tête un vieux moine d'une grande influence et d'une haute réputation, se rendit auprès du supérieur. Elle lui fit part de ma distraction, de mes mouvemens mécaniques, de ma figure d'automate, des paroles privées de sens que je prononçais; enfin elle peignit mon exactitude à remplir mes devoirs comme une parodie de la vie monastique dont je ne possédais aucunement l'esprit. Le supérieur écouta ce rapport avec beaucoup d'indifférence. Il avait promis à ma famille que je prononcerais mes vœux : il avait réussi; tout le reste lui était parfaitement égal. Il défendit à ses religieux de se mêler davantage de cette affaire, s'en réservant désormais la connaissance à lui-même. Ils se retirèrent trompés dans leurs espérances; mais ils s'engagèrent mutuellement à m'épier avec le plus grand soin; c'est-à-dire à me harrasser, à me persécuter, à me tourmenter, jusqu'à ce que la folie qu'ils avaient cru voir en moi fût devenue véritable.

A compter de ce moment tout ne fut que conspirations et combinaisons dans le couvent. Chaque fois que l'on m'entendait approcher on fermait les portes, on se parlait à l'oreille, on toussait, on se faisait des signes, et quand j'étais plus près on changeait de conversation avec une affectation calculée. Tout cela ne produisit rien.

Cette première attaque ayant manqué, ils essayèrent une autre méthode. Ce fut de m'entraîner, s'il était possible, à prendre parti dans les discussions intérieures du couvent; ils ne réussirent pas davantage. En attendant, la vie que je menais me devenait de plus en plus à charge et insupportable. J'étais né pour le monde, et il m'était impossible de m'habituer à la retraite. Les couvens peuvent avoir leur agrément pour ceux qui sont dégoûtés de la société; mais il ne faudrait jamais y faire

entrer personne de force. On leur fait
courir les plus grands dangers. J'ai toujours été pieux, je le suis encore; eh
bien! l'horreur que j'éprouvais pour la
vie monastique, avait presque étouffé en
moi mon amour inné pour la religion.
Je me suis surpris dans des pensées
dont je ne me serais jamais cru capable.

La chaleur avait été excessive cette
année. Une maladie épidémique se
déclara dans le couvent; chaque jour
on envoyait deux ou trois d'entre nous
à l'infirmerie, et ceux qui n'avaient mé-
rité que de légéres pénitences, obte-
naient, par manière de commutation,
la permission de soigner les malades.
Je fis ce que je pus pour être de ce
nombre; j'avais même résolu, s'il le

fallait, de commettre avec intention quelque légère faute pour y parvenir. Oserais-je vous en avouer le motif, Monsieur? Hélas! je l'ignore moi-même, ou du moins je cherche à me le cacher. Je me disais que je voulais voir des hommes dépouillés du déguisement du couvent, et forcés à être sincères par les souffrances de la maladie et les approches de la mort; mais je ne sais si un motif plus criminel encore ne se joignait pas à celui-là dans mon cœur. J'étais tellement malheureux, que je n'aurais pas été fâché de gagner l'épidémie, dans l'espoir de terminer ma vie, qui n'était pour moi qu'un état de gêne et de douleur.

Un soir je venais d'assister à la mort

d'un de nos frères, et, à mon grand
regret, je n'avais rien découvert qui dût
me faire penser qu'il y avait eu de l'hy-
pocrisie dans l'amour qu'il avait toujours témoigné pour la retraite. Je descendis au jardin, quoiqu'il fît déjà nuit;
mais cette indulgence, nécessaire pour
la santé, était accordée à tous ceux qui
prenaient soin des malades. J'étais toujours prêt à profiter de cette permission. Le jardin, éclairé par la lumière
douce et égale de la lune, l'innocence
des cieux, la main de Dieu empreinte
sur leur voûte, étaient à la fois pour
moi un reproche et une consolation.
J'essayai de réfléchir, de sentir; mes
efforts furent inutiles. C'est peut-être
dans ce silence de l'âme, dans cette

suspension de la voix bruyante des passions, que nous sommes le mieux pré-
parés à entendre la voix de Dieu. Je
tombai à genoux ; jamais je ne m'étais
senti aussi disposé à la prière. Tout à
coup je crus que l'on me touchait la
robe. Je tremblai, comme si l'on m'eût
surpris commettant une faute. Je me
levai précipitamment, et je vis devant
moi une personne que je ne reconnus
pas d'abord, à cause de l'obscurité, et
qui me dit, d'une voix faible et mal
assurée : « Lisez ceci. » La personne me
remit un papier dans la main, et continua : « Je l'ai gardé cousu dans mon
habit pendant quatre fois vingt-quatre
heures. Je vous ai guetté jour et nuit.
Voici la première occasion qui s'est

II. 8

présentée pour vous parler ; vous étiez
tantôt dans votre cellule, tantôt au
chœur, tantôt dans l'infirmerie. Quand
vous aurez lu ce papier, déchirez-le sur-
le-champ, et jetez-en les morceaux dans
la fontaine, ou plutôt avalez-les....
Adieu ! j'ai tout risqué pour vous. »

En disant ces mots il disparut, et je
le reconnus : c'était le portier du couvent. Je compris fort bien le risque qu'il
devait avoir couru pour me remettre
ce papier, car la règle du couvent exi-
geait que toutes les lettres adressées aux
pensionnaires, aux novices ou aux religieux, ou écrites par eux, devaient
d'abord être remises au supérieur, et je
n'ai jamais vu enfreindre cette règle dans
aucune occasion.

La lune donnait assez de lumière
pour que je pusse lire. Je commençai
donc, pendant qu'une espérance vague,
qui n'avait ni base ni objet, faisait palpiter mon cœur. Voici ce que contenait
ce papier. Quoique je le détruisisse après
l'avoir lu, ainsi qu'on me l'avait recom-
mandé, il fit tant d'impression sur moi,
que je trouvai moyen, quelque temps
après, de le récrire tout entier de mémoire.

CHAPITRE IX.

« Mon très-cher frère (Dieu ! que je frisonnai en lisant ces mots), je me figure l'effet que mes premières lignes feront sur vous. Pour l'amour de tous deux, je vous supplie de lire ma lettre avec calme et attention. Nous avons été l'un et l'autre victimes de l'erreur paternelle et de la perfidie d'un prêtre. Nous devons pardonner la première, car nos parens en ont été les victimes comme nous. Le directeur était maître de leur conscience. Leur destinée et la nôtre étaient dans ses mains. O mon frère, si vous saviez tout ce que j'ai à vous dire!

« Je fus élevé par l'ordre du directeur, dont l'influence sur les domestiques est aussi illimitée que sur leur infortuné maître, je fus, dis-je, élevé dans des sentimens d'hostilité contre vous, comme si vous aviez cherché à me priver de mes droits naturels, et à déshonorer ma famille en y introduisant un héritier illégitime. Ce que je viens de dire ne suffit-il pas pour justifier en quelque sorte la cruelle froideur que je vous témoignai lors de notre première rencontre? Dès mon berceau, on m'avait appris à vous craindre et à vous haïr; à vous craindre comme un imposteur, à vous haïr comme un ennemi.

Tel était le plan du directeur. Il jugeait que l'influence qu'il avait sur mon père et sur ma mère n'était pas suffisante pour satisfaire son ambition de pouvoir domestique, ou pour réaliser ses espérances de se distinguer dans sa profession. Les bruits vagues répandus dans la famille, l'abattement habituel de ma mère, l'agitation momentanée de mon père, lui offrirent un fil qu'il suivit avec une opiniâtreté industrieuse, à travers les doutes, les mystères et les difficultés, jusqu'à ce qu'enfin ma mère, effrayée par ses menaces continuelles, dans le cas où elle lui cacherait quelque secret de son cœur ou de sa vie, lui déclara la vérité au tribunal de la pénitence.

« Vous et moi, nous étions alors enfans. Le directeur adopta dès ce moment la conduite qu'il a suivie, et le
plan qu'il a réalisé aux dépens de tout
le monde, mais pour son propre avantage. Je suis convaincu qu'il n'a jamais
eu la moindre haine pour vous. Son
seul but a été d'augmenter son influence
personnelle. Conduire, tyranniser une
famille entière, du rang le plus élevé,
par la connaissance qu'il avait acquise
de la faute commise par un de ses membres : c'était à cela qu'il tendait. Ceux que
leurs vœux privent de l'intérêt que
donnent les affections naturelles, sont
obligés d'en chercher dans les affections
factices de l'orgueil et de la domination.
Le directeur l'y trouva. Dès-lors tout

fut conduit et inspiré par lui. Ce fut lui
qui nous fit tenir séparés pendant notre
enfance, de peur que la nature ne fît
échouer ses projets. Ce fut lui qui m'é-
leva dans des sentimens d'une implacable animosité contre vous. Quand ma
mère balançait, il lui rappelait son
vœu, qu'elle avait eu l'imprudence de
lui confier. Quand mon père murmu-
rait, il faisait tonner dans ses oreilles
la honte attachée à la faute de ma mère,
les tristes suites des discussions domestiques, les mots affreux d'imposture, de
parjure, de sacrilége, et le ressentiment
de l'Eglise. Jugez du caractère de cet
homme, quand vous saurez qu'encore
enfant, il me confia le secret de la faute
de ma mère, afin de s'assurer dès-lors

de mon zèle à seconder ses vues. Ce n'est pas tout. Du moment où je fus en état de l'écouter et de le comprendre, il empoisonna toutes les sources qui conduisaient à mon cœur. Il exagéra l'amour que ma mère avait pour vous, disant que cet amour ne combattait que trop souvent avec sa conscience. Il me peignit mon père comme un homme faible et dissipé, mais tendre, et qui possédant toute la vanité naturelle à un père de seize ans, était immuablement attaché à l'aîné de ses enfans. Il me disait : Mon fils, préparez-vous à combattre une armée de préjugés. Les intérêts de Dieu, comme ceux de la société, l'exigent. Prenez avec vos parens un ton d'autorité. Vous êtes en posses-

II.

sion du secret qui ronge leur conscience.
Faites-en l'usage qui vous paraîtra convenable. Jugez de l'effet que ces paroles
dûrent faire sur un caractère naturel-
lement violent, prononcées surtout par
un homme que l'on m'avait appris à regarder comme l'agent de la divinité.

« Pendant tout ce temps, à ce que
l'on m'assure, il débattait en lui-même
s'il ne se déclarerait pas pour vous au
lieu de moi, ou du moins s'il ne tiendrait
pas la balance égale entre nous, de
manière à augmenter son influence sur
nos parens, en leur inspirant de la
crainte et des soupçons. En attendant
on peut calculer sans peine quel dut
être sur moi l'effet de ses leçons. Je
deviens inquiet, jaloux et vindicatif. J'é-

tais insolent envers mes parens et soup-
çonneux envers tous ceux qui m'entouraient. Avant d'avoir atteint ma onzième
année, je reprochai à mon père son
amour pour vous. J'insultai ma mère
en lui parlant de son crime; je tyran-
nisai les domestiques. J'étais la terreur
et le tourment de toute la maison.

Le jour qui précéda notre première
réunion (remarquez que l'on avait
d'abord eu l'idée de ne jamais nous
présenter l'un à l'autre), le directeur
alla chez mon père et lui dit : Seigneur,
à tout considérer, je pense qu'il vaut
mieux que les frères se voient. Dieu
peut-être touchera leurs cœurs et par
sa bénigne influence sur eux, nous
permettra de révoquer le cruel décret

qui menace l'un d'une retraite perpétuelle et tous deux d'une séparation
pénible. Mon père y consentit en pleu-
rant de joie ; mais ses larmes n'atten-
drirent pas le cœur du directeur. Il se
hâta de se rendre à mon appartement.
Mon enfant, me dit-il, rassemblez
tout votre courage. Vos parens arti-
ficieux, cruels, injustes vous préparent
une scène. Ils veulent vous présenter
à votre illégitime frère. — Je le re-
pousserai devant leurs yeux, s'ils l'o-
sent faire, répondis-je avec tout l'orgueil d'une tyrannie prématurée. Non,
mon enfant, reprit le directeur, c'est
ce qu'il ne faut pas faire. Il faut paraître accéder à leurs desseins; gardez-
vous seulement d'être leur victime.

Promettez-moi cela, mon cher enfant;
promettez - moi du courage et de la
dissimulation. Je fus choqué de ce discours et je répartis : Je vous promets
du courage; gardez là dissimulation
pour vous. — Je le veux bien, puisque
vos intérêts l'exigent.

« Il s'empressa de retourner auprès
de mon père. Seigneur, j'ai employé
toute l'éloquence du ciel et de la nature auprès de votre fils cadet. Il paraît céder. Son cœur s'est adouci ; il
brûle de se jeter dans les bras de son
frère et d'entendre vos bénédictions
s'épancher à la fois sur vos deux enfans. Ils le sont tous deux. Vous devez donc bannir vos préjugés et......
Je n'ai point de préjugés, dit mon

pauvre père. Que je voie seulement mes enfans s'embrasser, et quand je devrais mourir l'instant d'après, j'obéirais sans regret à la voix du ciel. Le directeur lui fit des reproches de la chaleur avec laquelle il parlait, et sans partager aucunement son émotion, il revint auprès de moi, tout plein de ce qu'il avait à dire. Mon enfant, je vous ai prévenu de la conspiration que votre propre famille tramait contre vous. Vous en aurez la preuve demain. Votre frère vous sera présenté; on exigera que vous l'embrassiez. On compte sur votre consentement; mais dès le moment même votre père est résolu d'interpréter votre condescendance comme une résignation de tous vos droits na-

turels. Faites ce que vos parens vous
demandent; embrassez ce frère, mais
donnez à cette action un air de répugnance qui justifiera votre confiance,
tandis qu'il trompera ceux qui cher-
chent à vous tromper. Rappelez-vous
ce que je vous dis, mon enfant; em-
brassez-le comme vous embrasseriez un
serpent ; il n'a pas moins d'artifice
et son venin est aussi mortel. N'oubliez
pas que votre courage décidera des
suites de cette entrevue. Prenez les apparences de l'amitié; mais songez que
vous tiendrez dans vos bras votre plus
implacable ennemi.

« Quelque étranger que je fusse aux
sentimens de la nature, je ne pus
m'empêcher de frémir à ces mots. Je

m'écriai : Mon frère ! — N'importe,
dit le directeur, il est l'ennemi de
Dieu, c'est un imposteur illégitime.
Mon enfant, êtes-vous préparé ? Je
répondis que je l'étais. Je passai cependant une mauvaise nuit. Le lendemain matin, je demandai le directeur
et je lui dis avec orgueil : Mais que
ferons-nous de ce misérable ? C'était
vous dont je voulais parler. Qu'il embrasse la vie monastique, dit le directeur. A ces mots je sentis pour vous
un intérêt que je n'avais jamais éprouvé
auparavant. Je repris de ce ton décidé
auquel il m'avait lui-même accoutumé :
Je ne veux pas qu'il se fasse religieux.
Le directeur parut ébranlé. Il trem-
blait devant l'esprit qu'il avait lui-même

évoqué. Qu'il entre dans l'armée, dis-je; qu'il s'engage comme simple soldat; je saurai lui procurer les moyens d'avancer. Qu'il embrasse la profession la plus basse; je ne rougirai pas de le reconnaître; mais, mon père, je ne veux pas qu'il se fasse moine. — Mais, mon cher enfant, d'où peut venir cette répugnance extraordinaire? C'est le seul moyen de rendre la paix à votre famille et de la procurer à l'être infortuné auquel vous vous intéressez si fort. — Mon père, cessez ce langage; promettez-moi que si je cède demain à vos désirs, mon frère ne sera jamais religieux malgré lui. — Malgré lui! mon enfant! il n'y a jamais de contrainte dans une vocation sainte.— C'est

ce que je ne sais pas et j'exige de vous
cette promesse. Le directeur me la fit
après quelques momens d'hésitation.

« Il courut alors vers mon père lui
annoncer que rien ne s'opposait plus à
notre entrevue, et que j'avais été enchanté d'apprendre que mon frère allait embrasser avec joie l'état religieux.
Ce fut ainsi que notre première réunion fut arrangée. Je vous jure, mon
frère, que quand, d'après l'ordre de
notre père, nous enlaçâmes nos bras,
je sentis mon cœur palpiter d'amitié
fraternelle. Mais l'instinct de la nature
céda bientôt à la force de l'habitude;
je me retirai et je rassemblai toute
la véhémence que la passion me donnait pour diriger sur mes parens ce

coup d'œil terrible que je leur lançai.
Pendant ce temps, le directeur, placé
derrière eux, me souriait et m'encou-
rageait par des gestes. Je crus avoir
bien joué mon rôle; je m'en applaudis
du moins beaucoup, et je quittai le
lieu de la scène d'un pas aussi fier que
si j'avais foulé aux pieds le monde
prosterné devant moi. Je n'avais cependant outragé que la nature et mon
propre cœur.

« Quelques jours après je partis pour
un couvent. Le directeur, effrayé du
ton qu'il m'avait enseigné lui-même,
fit observer à mes parens qu'il était
nécessaire de songer à mon éducation.
Ils n'avaient rien à lui refuser. De mon
côté, j'y consentis par le plus grand

miracle; mais pendant que la voiture me conduisait au couvent, je ne cessais de répéter au directeur : Rappelez-vous qu'il ne faut pas que mon frère se fasse religieux. »

A cet endroit de la lettre de mon frère, je trouvai un passage assez long qui me fut tout-à-fait incompréhensible, ce que j'attribuai à l'agitation qu'il paraissait avoir éprouvée en l'écrivant. La vivacité et l'ardeur du caractère de mon frère se communiquaient à son écriture. Voici les premières lignes que je pus distinguer après celles-là:

« Il est assez singulier qu'après avoir été l'objet de ma haine invétérée, vous devîntes pour moi celui du plus tendre intérêt, du moment que je me

trouvai dans le couvent. J'avais em-
brassé votre cause par vanité , je la
soutins par expér'ence. La compassion,
l'instinct, ou quel que soit ce sentiment , il prit le caractère d'un devoir.
Quand je voyais les mauvais traitemens
que l'on faisait supporter aux classes in-
férieures, je me disais : Il ne souffrira
jamais cela : car il est mon frère.
Quand je réussissais dans mes exercices , je pensais : voilà des applaudisse-
mens qu'il ne peut jamais partager.
Quand on me punissait , ce qui arrivait beaucoup plus fréquemment, je
m'écrivis : On ne l'humiliera jamais
ainsi. Mon imagination s'étendait ; je
me regardais comme votre patron fu-
tur. Je pensais que c'était à moi à

vous dédommager de l'injustice de la
nature, à vous soutenir, à vous agran-
dir, à vous forcer d'avouer que vous
me deviez plus qu'à vos parens, tandis
que je ne voulais devoir votre affection qu'à votre reconnaissance. Déjà
vous m'aviez donné le nom de frère;
je voulais que vous me donnassiez encore celui de bienfaiteur. Mon caractère fier, généreux et ardent ne s'était
pas encore tout-à-fait délivré des liens
du directeur; mais à chaque effort
qu'il faisait, il se dirigeait vers vous
par une impulsion impossible à décrire. Il faut convenir que j'ai toujours
détesté la contrainte. Je voulais m'apprendre moi-même ce que je désirais
savoir; je voulais ne m'attacher qu'aux

objets de mon choix. Aussi, plus on
me disait de vous haïr, plus j'aspirais
à votre amitié. Vos yeux pleins de
douceur, vos regards affectueux, me
suivaient partout. Quand les pensionnaires m'offraient leur amitié, je répondais : J'ai besoin d'un frère. Ma conduite était bizarre et violente, et il ne
faut pas s'en étonner ; car ma conscience
commençait à combattre avec mes préventions. Tantôt je travaillais avec une
ardeur qui faisait craindre pour ma
santé ; tantôt les punitions les plus sé-
vères ne pouvaient m'astreindre à garder la discipline ordinaire de la maison.
La communauté se fatigua de mon opiniâtreté, de ma violence et de mes bi-
zarreries. On écrivit au directeur pour

l'engager à me retirer du couvent; mais
avant qu'il pût s'en occuper, je fus at-
taqué d'une fièvre. Les plus grandes at-
tentions me furent prodiguées; mais
les soins ne pouvaient écarter le poids
qui oppressait mon âme. Quand on
m'offrait avec la plus scrupuleuse exactitude la potion que je devais prendre,
je disais : Que mon frère me la donne,
et quand ce serait du poison, je la
prendrais de sa main. Je lui ai fait
beaucoup de tort. Quand la cloche son-
nait les matines et les vêpres, je demandais si c'était le signal pour votre prise
d'habit. Le directeur m'a bien promis,
ajoutais-je, qu'on n'en ferait pas un
moine; mais vous êtes tous des perfides.
On enveloppa le battant; je n'en distin-

guais pas moins le son étouffé, et je
m'écriai : Vous sonnez la cloche pour
ses funérailles, et c'est moi, moi qui
suis son meurtrier !

« La communauté fut effrayée de ces
exclamations si souvent répétées, et
auxquelles elle n'entendait rien. On me
transporta au palais de mon père à
Madrid. J'étais dans le délire : je voyais
à côté de moi, dans la voiture, une
image qui vous ressemblait. Elle des-
cendait avec moi aux relais, m'accom-
pagnait dans les lieux où je m'arrêtais,
et me donnait le bras pour remonter en
voiture. L'illusion était si ressemblante
à la réalité, que je disais aux domestiques : Arrêtez ; mon frère va venir
m'aider. Quand ils me demandaient,

le matin, comment j'avais reposé, je répondais : Fort bien ; Alonzo m'a veillé toute la nuit. J'invitais ce compagnon imaginaire de mon voyage à continuer les soins qu'il me rendait. Quand mes oreillers étaient bien arrangés, je disais : Que mon frère est bon! combien il m'est utile! Mais pourquoi ne veut-il pas parler? Une fois, je refusai absolument de prendre la nourriture, parce que mon frère paraissait n'en pas vouloir. Ne me pressez pas, leur dis-je ; vous voyez bien que mon frère n'a pas faim. Oh! je lui demande pardon ; c'est un jour d'abstinence : voilà son motif. Il me montre son habit ; cela suffit. Une chose digne de remarque, c'est que les alimens, dans cette

maison, se trouvèrent être empoison-
nés, et que deux de mes domestiques
en moururent avant d'arriver à Madrid. Je ne vous fais part de ces circonstances que pour vous faire connaître
jusqu'à quel point vous vous étiez em-
paré de mon imagination et de mon
cœur.

« En recouvrant ma raison, mon premier soin fut de demander de vos nouvelles. On l'avait prévu ; et mes parens,
pour éviter les discussions, et tremblant pour ce qui pourrait en résulter,
car ils connaissaient la violence de mon
caractère, chargèrent le directeur du
soin de toute l'affaire. Il l'entreprit :
vous allez voir comment il l'exécuta.
Dès qu'il me vit, il s'approcha de moi

en me faisant des complimens sur ma
convalescence, et en exprimant ses
regrets sur la contrainte que l'on m'a-
vait fait souffrir dans le couvent, ajoutant que mes parens s'efforceraient de
me rendre parfaitement heureux chez
eux. Je le laissai parler pendant quelque
temps. A la fin, je l'interrompis en lui
disant : Qu'avez-vous fait de mon frère?
— Il est dans le sein de Dieu, répondit
le directeur. Je le compris, et me levai
précipitamment pour sortir avant qu'il
eût fini sa phrase. Où allez-vous, mon
fils? me dit-il. — Chez mes parens. —
Vos parens! Il est impossible que vous
les voyiez à présent. — Il est sûr, au
contraire, que je les verrai. Ne me dictez
plus de loi, ne vous humiliez pas non

plus (il avait pris un air suppliant). Je *veux* voir mes parens. Faites en sorte que je les voie à l'instant même, ou tremblez pour la durée de votre influence dans la famille.

« A ces mots, il trembla en effet. Ce n'était pas que mon influence lui fît de l'ombrage; mais il craignait mes passions. Il m'avait rendu fier et impétueux quand cela avait été nécessaire à ses vues; mais il n'avait point calculé la direction extraordinaire que mes sentimens avaient prise, et il ne s'y était point préparé. Il avait cru qu'en excitant mes passions, il pourrait aussi les diriger. Malheur à ceux qui apprennent à l'éléphant à se servir de sa trompe contre leurs ennemis, sans se rappeler que,

par un seul mouvement de cette même
trompe, il peut précipiter son maître sous
ses pieds, et l'écraser contre la terre!
Telle était la situation du directeur et
la mienne. Je le pressai de me conduire
sur le-champ chez mon père. Il fit des
difficultés ; enfin , pour dernière réponse, il me rappela l'indulgence qu'il
m'avait toujours témoignée. Ma réponse
fut courte ; mais puisse-t-elle retentir
profondément dans l'âme de pareils
gouverneurs. Et c'est cette indulgence,
m'écriai-je, qui m'a fait ce que je suis.
Conduisez-moi à l'appartement de mon
père, ou je passerai sur votre corps pour
m'y rendre.

« Cette menace que j'étais capable
d'exécuter, car vous savez que je suis

deux fois plus grand que lui, et que ma
force est proportionnée à ma taille, le
fit frémir et j'avoue que cette preuve de
faiblesse physique et morale mit le
comble au mépris qu'il m'inspirait. Il
me précéda en tremblant à l'appartement où mon père et ma mère étaient
assis sur un balcon qui donnait sur le
jardin. Ils croyaient que tout était arrangé. Aussi leur surprise fut-elle extrême quand ils me virent m'élancer
dans la chambre suivi du directeur, et
avec un visage qui ne montrait que trop
quel avait été le résultat de notre conférence. Le directeur leur fit un signe
que je n'observai pas, et dont ils eurent
le temps de profiter. Ils frissonnaient en
me voyant pâle encore de ma fièvre,

mais enflammé de colère, et ne pouvant proférer que des paroles entrecoupées. Ils lancèrent au directeur quelques regards de reproche, auxquels celui-ci ne répondit que par des signes. Je ne les compris pas; mais j'eus soin de me faire comprendre. Je dis à mon père : Seigneur, est-il vrai que vous ayez fait un moine de mon frère? Mon père hésita et répondit à la fin : Je croyais que le directeur s'était chargé de vous parler à ce sujet. — Mon père, qu'est-ce qu'un directeur a de commun entre un père et son fils? Il ne peut jamais être père; il ne peut jamais avoir d'enfant : comment pourrait-il juger dans un cas comme celui-ci? — Vous vous oubliez; vous oubliez le respect que vous devez à un

ministre de l'Eglise — Mon père, je re-
lève à peine d'un lit de souffrance qui
vous a fait trembler, ainsi que ma mère,
pour ma vie. Cette vie est encore en vos
mains. J'ai promis, sous une condition
qu'il a violée, d'obéir à ce *misérable*....
Oui, mon frère, le croiriez-vous, j'ai osé
me servir du mot misérable en parlant
du directeur? Mon père voulut m'inter-
rompre; je continuai toujours, je l'appelai hypocrite, trompeur, je saisis sa
robe; enfin, je ne sais de quoi je n'eusse
pas été capable, si mon père ne se fût
placé entre nous. Ma mère jetait des
cris d'effroi, et une scène de confusion
s'ensuivit, dont il ne me reste qu'un
faible souvenir : je sais seulement que le
directeur m'y parut plus hypocrite que

II. 11

jamais. Cependant l'appartement se remplit de domestiques de tout sexe. On emmena ma mère. Mon père, qui l'aimait tendrement, fut tellement ému par ce spectacle, et irrité par ma conduite extravagante, que dans un moment de fureur il alla jusqu'à tirer son épée. Je fis un éclat de rire à cet aspect qui glaça son sang dans ses veines. J'ouvris les bras, je présentai le sein et je m'écriai : Frappez! ma mort sera encore l'ouvrage de cet homme. Grâce à lui, vous avez commencé par sacrifier votre Esaü, votre aîné; que Jacob soit votre seconde victime. Mon père s'éloigna de moi, et révolté par le changement hideux que la colère avait fait à ma figure, il s'écria : Démon ! Il me regardait de loin en fré-

missant. Et qui m'a rendu démon ? répondis-je. C'est lui qui a nourri ma
passion dans l'espoir d'en tirer parti, et
qui, lorsque la nature fait naître en moi
une seule émotion généreuse, prétend
que je suis en démence. Voyez, mon
père, comme il a renversé le pouvoir et
l'ordre de la nature. C'est lui qui est
cause que mon frère est en prison pour
la vie; c'est lui qui a fait de notre nais-
sauce une malédiction pour ma mère
et pour vous. Qu'avons-nous éprouvé
dans la famille, depuis qu'il y jouit
d'une si funeste influence, si ce n'est les
dissensions et le malheur? Renvoyez cet
homme dont la présence nous glace;
écoutez-moi un instant et rejetez-moi

pour jamais si je ne m'humilie pas devant vous.

Je continuai à parler long-temps encore. Mon discours était réellement éloquent, mais il y avait un peu d'incohérence, et de temps à autre des choses fort inconvenantes. Aussi, mon père me répondit-il : Vous aggravez votre crime en voulant le rejeter sur un autre ; vous avez toujours été violent, opiniâtre et rebelle. Si vous voulez montrer de la soumission, donnez - en une première preuve, et promettez de ne plus me tourmenter en renouvelant ce pénible sujet. Le sort de votre frère est fixé. Jurez que vous ne prononcerez plus son nom, et.... — Jamais, jamais, m'écriai-je, je ne violerai ma conscience par un pareil serment. Le ton décidé avec lequel je prononçai ces mots ne m'empêcha pas de me mettre à genoux devant mon père et même devant le directeur. Si vous êtes réellement le ministre des volontés du ciel, dis-je à celui-ci, donnez une preuve de la vérité de votre mandat; rétablissez la paix dans une famille désespérée. Réconciliez un père avec ses deux enfans : il ne vous faut qu'un mot pour cela. Vous ne l'ignorez pas, et cependant vous ne voulez pas le prononcer ce mot; mon malheureux frère ne fut pas aussi inflexible à vos prières, qui n'étaient pourtant pas dictées par un sentiment aussi juste que les miennes. J'avais offensé le directeur d'une manière irréconciliable : je le savais et je parlais moins pour le toucher que pour le démasquer. Je ne m'attendais pas à une réponse de sa part; mon attente ne fut pas trompée, il ne laissa pas échapper une seule parole. J'étais à genoux au milieu de la chambre, entre mon père et lui, je m'écriai : Abandonné par mon père et par vous, j'en appelle encore au ciel, je le prends à témoin du vœu que je fais de ne jamais délaisser ce frère persécuté que l'on m'a forcé de haïr malgré moi; je sais que vous avez du pouvoir : je le défie. Je sais que l'on mettra en œuvre contre moi tous les artifices de l'imposture, de la malignité, de l'industrie, toutes les ressources de la terre et de l'enfer; mais j'invoque le ciel, et je ne demande son secours que pour assurer ma victoire.

« Mon père perdait la patience, il dit aux domestiques de me soulever et de m'emmener. Cet ordre si opposé à ses habitudes d'indulgence, eut un effet fatal sur mon esprit à peine rétabli de son délire et qui venait d'être mis à une trop forte épreuve : je retombai dans mon égarement ; hélas ! mon père, vous ne savez pas combien cet être que vous persécutez est bon, généreux, sans rancune : je lui dois la vie ; demandez à vos domestiques s'il ne m'a pas suivi pas à pas pendant mon voyage ; si ce n'est pas lui qui m'a servi mes alimens, mes médecines, qui a arrangé les oreillers sur lesquels je me reposais.—Vous êtes

dans le délire, dit mon père, tout en
jetant un regard inquiet sur les domestiques. Ceux-ci jurèrent tous en tremblant que nul autre qu'eux n'avait ap-
proché de moi depuis mon départ du
couvent jusqu'à mon arrivée à Madrid.
A cette déclaration, le peu de raison
qui me restait m'abandonna tout-à-fait;
plein de colère je donnai un démenti
au dernier qui avait parlé; je frappai
ceux qui se trouvaient le plus près de
moi. Mon père étonné de ma violence,
s'écria tout à coup, il est fou! Le directeur, qui jusqu'alors avait gardé le silence, le prit soudain au mot; et répéta:
il est fou! Les domestiques, moitié
convaincus moitié effrayés, ne crurent pouvoir mieux faire que de dire

comme mon père et le directeur.

« On me saisit, on m'emmena; et comme la violence, chaque fois qu'on m'en avait fait, avait toujours excité la mienne, le résultat de celle-ci réalisa les craintes de mon père et les désirs secrets du directeur. Je me conduisis comme un enfant, sortant d'un état de fièvre, et que tient encore le délire. De retour dans mon appartement, j'arrachai les tentures, et je jetai à la tête des domestiques tous les vases de porcelaine qui me tombèrent sous la main. Je les mordais quand ils voulaient me toucher, et quand ils se virent obligés de me lier, je rongeai la ficelle avec mes dents. On me tint pendant plusieurs jours enfermé dans mon appartement. La raison me revint dans cet intervalle, mais ce fut seulement pour augmenter et ma fermeté et ma dissimulation. Je ne tardai pas à avoir besoin de l'une et de l'autre. Le douzième jour un domestique parut à la porte de ma chambre, et me dit, avec une profonde révérence, que si j'étais rétabli, mon père désirait me parler. Je le saluai non moins profondément, et le suivis comme une statue. Je trouvai mon père avec le directeur à ses côtés. Il s'avança vers moi et me parla en mots entrecoupés, qui démontraient l'effort qu'il faisait sur lui-même. Après m'avoir félicité sur mon rétablissement, il me dit : Avez-vous réfléchi sur le sujet de notre dernière conversation ? — J'y ai réflé-

chi, répondis-je; j'en ai eu le temps. —
Et vous avez sans doute bien employé
ce temps? — Je l'espère. — Le résultat
de vos réflexions sera donc favorable
aux espérances de votre famille et aux
intérêts de l'Eglise.

« Ces derniers mots me glacèrent un
peu ; je répondis cependant d'une manière convenable. Au bout de quelques instans le directeur prit la parole.
Il parla avec amitié, tourna la conversation sur des sujets indifférens. Je lui
répondis, combien cet effort me coûta !
je lui répondis cependant avec toute
l'amertume d'une politesse forcée. Tout
alla bien. On parut content de mon
rétablissement. Mon père, fatigué,
voulait la paix à tout prix. Ma mère,

plus faible encore, par les combats de sa conscience et par les instigations du directeur, versa des larmes, et dit qu'elle était heureuse. Un mois s'est écoulé dans une paix profonde, mais perfide. Ils croient m'avoir vaincu, mais. . . . .

Le pouvoir toujours croissant du directeur suffirait seul pour me faire presser ma résolution. Il vous a placé dans un couvent ; mais ce premier pas ne suffit pas à son ambition. Sous son influence, le palais même des ducs de Monçada est devenu presque un couvent. Ma mère n'est guère moins qu'une religieuse; sa vie entière est consacrée à demander pardon d'une faute pour laquelle son directeur, afin d'assurer son pouvoir, lui ordonne tous les jours une nouvelle pénitence. Mon père balance entre les plaisirs et l'austérité, entre ce monde et l'autre. Tantôt il reproche à ma mère une dévotion exagérée, et l'instant après il s'unit à elle pour faire la plus rude pénitence. Les domestiques eux-mêmes imitent le ton de leur maître. . . . .

. . . . . . Ma fièvre s'est calmée. Je n'ai pas perdu un instant pour consulter sur vos intérêts..... On me dit qu'il n'est pas impossible que vous réclamiez contre vos vœux..... Il faudrait pour cela que vous déclarassiez qu'ils vous ont été extorqués par la fraude et la terreur. Observez bien, Alonzo, que j'aimerais mieux vous laisser pourrir dans

un couvent que de vous voir servir de
témoin vivant de la honte de notre
mère. On m'a assuré cependant que
cette réclamation contre vos vœux pouvait se faire devant un tribunal civil : si
cela est, vous pouvez encore être libre
et je serai heureux ; n'hésitez pas faute
de fonds, je suis en état de vous en four-
nir. Pourvu que vous ne manquiez pas
de courage, je ne doute pas que nous
ne réussissions. Je dis *nous*, car je n'aurai pas un moment de repos que vous
ne soyez libre. J'ai gagné un des domestiques qui est frère du portier du couvent, et c'est par lui que ce paquet vous
parviendra. Répondez-moi par la même
voie : elle est secrète et sûre. Il faudra
que vous fassiez un mémoire, qui sera

mis dans les mains d'un avocat : les expressions doivent en être fortes ; mais rappelez-vous bien, qu'il n'y soit pas question de notre malheureuse mère ; je rougis d'être obligé de dire cela à son fils. Trouvez quelques moyens pour vous procurer du papier ; si vous y rencontrez trop d'obstacles, je vous en fournirai ; mais tâchez, s'il est possible, de vous passer de moi pour éviter d'avoir trop souvent recours au portier. Vous pouvez demander du papier sous prétexte d'écrire votre confession. Je me charge de faire remettre le mémoire. Je vous recommande au Dieu de la miséricorde et je suis

« Votre affectionné frère,

« JUAN DE MONÇADA. »

Tel fut le papier que le portier me remit de temps à autre par fragmens. J'avalai le premier envoi et je trouvai moyen de détruire les autres à mesure que je les recevais. Le soin de l'infirmerie dont j'étais toujours chargé me procurait beaucoup d'indulgence.

L'Espagnol en était là de sa narration quand Melmoth s'aperçut qu'il était singulièrement agité, mais plus encore par l'émotion que par la fatigue. Il l'engagea à se reposer pendant quelque temps et l'étranger n'eut pas de peine à y consentir.

CHAPITRE X.

Au bout de quelques jours l'Espagnol voulut reprendre le cours de sa narration; il s'efforça de décrire ce qu'il avait éprouvé en recevant la lettre de son frère; comment son courage, son espérance, le sentiment de son existence s'étaient ranimés en lui: mais il trembla et ne put articuler que quelques mots entrecoupés; son émotion parut si vive à Melmoth qu'il le supplia de cesser la description de ses sensations, et continuer la relation de son histoire.

Vous avez raison, dit l'Espagnol

II. 12

en séchant ses larmes , la joie est une
convulsion, mais la douleur est une
habitude, et vouloir décrire ce que nous
ne pourrons jamais communiquer est
aussi absurde que de parler des couleurs
à un aveugle ; je me hâterai donc de vous
entretenir, non de mes sentimens, mais
des résultats qu'ils ont produits. Un
nouveau monde s'était ouvert pour moi
en espérance ; je croyais voir le mot de
liberté écrit sur la face du ciel chaque
fois que je me promenais dans le jardin.
Je riais quand j'entendais le bruit des
portes qui s'ouvraient et je me disais :
bientôt vous vous ouvrirez pour moi
et à jamais. En attendant, je me con-
duisais envers la communauté avec une
complaisance extrême ; mais je ne négli-

geais pas au milieu de cela les scrupu-
leuses précautions que mon frère m'a-
vait recommandées. Avouerai-je la force
ou la faiblesse de mon cœur? Au sein
de la dissimulation systématique à laquelle j'étais obligé de me livrer, la
seule circonstance qui me causât un regret véritable, c'était de me voir forcé
de détruire les lettres de ce cher et généreux jeune homme qui avait tout
risqué pour me rendre la liberté. En
attendant, je continuai mes préparatifs
avec une industrie inconcevable pour
vous qui n'avez jamais habité un couvent.

Le carême venait de commencer;
toute la communauté se préparait à la
grande confession; les frères se renfer-

maient, se prosternaient devant les autels, passaient des heures entières à mi-
nuter l'état de leur conscience et à convertir leurs petites fautes contre la discipline conventuelle en offenses envers
Dieu, afin de donner quelqu'importance
à la confession qu'ils allaient faire. Je
crois qu'ils auraient été enchantés de
pouvoir s'accuser d'un crime, pour
échapper à la monotonie d'une conscience de moine.

Il régnait dans la maison une sorte de
silencieuse confusion qui favorisait singulièrement mes projets. Dix fois par jour
je demandais du papier pour écrire ma
confession, on ne me le refusait pas, mais
la fréquence de mes demandes excita
des soupçons; ils étaient cependant loin

de se douter de ce que j'écrivais. Les uns disaient, car tout est un sujet de curiosité dans un couvent : « Il écrit l'histoire de sa famille; il veut la confier à son confesseur avec les secrets de son propre cœur. » D'autres ajoutaient : « Il a eu pendant quelque temps l'esprit égaré; il en rend compte à Dieu, nous n'en entendrons jamais parler. » D'autres, enfin, plus judicieux, prétendaient qu'ennuyé de la vie du cloître j'en décrivais en détail toute la monotonie.

En attendant, le supérieur m'épiait en silence; il était inquiet, et ce n'était pas sans raison; il consulta quelques-uns des frères discrets, et le résultat de leur conférence fut une vigilance à toute épreuve de leur part, à laquelle mal-

heureusement je ne fournissais que trop
de motifs par les demandes absurdes et
perpétuelles que je faisais pour du papier. Je conviens qu'à cet égard mon
imprudence fut extrême; il était impossible que la conscience la plus timorée
pût trouver en elle-même assez de péchés pour remplir seulement le quart
du papier que j'étais censé employer à
l'examen de la mienne. Je le remplissais
cependant de leurs crimes et non de
ceux que j'avais commis.

Une autre grande faute que je fis, ce
fut de négliger en réalité tous les préparatifs nécessaires à la grande confession; on me le fit entendre pendant nos
promenades au jardin. J'ai déjà dit que
j'avais adopté avec les frères des ma-

nières extrêmement amicales. Ils mes
disaient donc :

« Vous avez fait, sans doute, de
grands préparatifs pour la confession ? »

— « Je m'y suis préparé. »

— « Nous nous attendons à être bien
édifiés de votre conduite. »

— « Je me flatte que vous le serez. »

Je n'en dis pas davantage, mais ces
mots à la dérobée m'inquiétèrent.

Peu de jours avant l'époque fixée
pour la grande confession, je remis au
portier le dernier cahier de mon mémoire. Nos entrevues n'avaient jusqu'a-
lors inspiré aucun soupçon ; j'avais reçu
les lettres de mon frère, j'y avais répondu et notre correspondance avait été
conduite avec un mystère jusqu'alors

inconnu dans un couvent ; cette dernière
nuit, cependant, en remettant mon papier dans les mains du portier, je lus
dans ses traits un changement qui m'effraya ; je l'avais toujours connu bien
fait et robuste, mais alors, je découvris
même au clair de la lune, qu'il ne paraissait plus que l'ombre de lui-même ;
sa main trembla en prenant les papiers
dans la mienne, sa voix manqua en me
promettant la discrétion ordinaire. Ce
changement que tout le couvent avait
observé, m'avait échappé jusqu'à ce
jour ; mon esprit avait été trop préoc-
cupé de ma propre position ; quand je
m'en fus aperçu, je lui dis :

« Mais qu'est-ce que vous avez ? »

— « Pouvez-vous me le demander ;

j'ai perdu tout mon embonpoint par la terreur que je ne cesse d'éprouver. Savez-vous ce que je risque ? une prison perpétuelle, peut-être même serai-je dénoncé à l'Inquisition : chaque ligne que je vous fais passer ou que vous me remettez, semble compromettre mon âme, et je tremble de vous voir. Je sais que ma vie temporelle et éternelle est dans vos mains ; quand je suis assis dans ma loge, il me semble que chaque pas qui retentit dans le cloître a pour but de m'appeler dans la présence du supérieur. Quand je suis au chœur, au milieu des chants je distingue votre voix qui s'élève pour m'accuser. La nuit quand je me couche, le malin esprit s'assied au chevet de mon lit, il me reproche mon parjure et ré-

clame sa proie ; ses émissaires m'entou-
rent partout où je me tourne ; je suis
environné des tourmens de l'enfer ; les
saints me jettent des regards courrou-
cés , et le tableau du traître Judas me
poursuit de tous côtés. Si je m'endors
pour un moment, mes propres cris me
réveillent, et je dis : Ne me trahissez pas !
il n'a pas encore rompu ses vœux ; je
n'ai été qu'un agent ; on m'a corrompu :
n'allumez pas ces bûchers pour moi. Je
frémis alors ; je me soulève trempé d'une
sueur froide ; mon repos, mon appétit
m'ont quitté. Plût à Dieu que vous fussiez hors de ce couvent et que je n'eusse
jamais servi à votre délivrance ; nous
échapperions ainsi l'un et l'autre aux
flammes éternelles. »

Je m'efforçai de tranquilliser cet homme et de l'assurer qu'il ne courait aucun danger ; mais rien ne put le satisfaire si ce n'est l'assurance sincère et solennelle que le paquet que je lui remettais était le dernier dont je comptais le charger ; cette assurance lui rendit un peu de repos ; mais je sentis à mon tour que les risques attachés à mon entreprise se multipliaient de moment en moment autour de moi.

Le portier était fidèle, mais timide, et quelle confiance peut-on mettre en un homme dont la main droite vous sert, tandis que la gauche ne demande peut-être pas mieux que de transmettre votre secret à votre ennemi pour tranquilliser son esprit. Ce dangereux con-

fident mourut au bout, de quelques jours,
et je suis convaincu que je ne dus sa
fidélité dans ses derniers momens qu'au
délire qui le saisit avant de mourir; mais
il est impossible d'exprimer ce que je
souffris pendant ces moments-là. Sa
mort dans une telle occasion, et la joie
peu chrétienne qu'elle m'inspira furent
pour moi de nouvelles preuves combien
le genre de vie qui peut rendre un tel
événement et de tels sentimens presque
nécessaires doit être contraire à la nature.

Le lendemain de ma conversation
avec le portier, je fus surpris de voir,
dans la soirée, le supérieur entrer dans
ma cellule, accompagné de quatre moines; je sentis que cette visite ne m'an-

nonçait rien de bon. Je les reçus avec respect, mais en tremblant de tous mes
membres. Le supérieur se plaça vis-à-
vis de moi et arrangea son siége de fa-
çon à ce que je me trouvasse vis-à-vis de
la lumière. Je ne compris pas dans le
premier moment quel était son but,
mais je conçois maintenant qu'il voulait
examiner avec soin tout ce qui se pas-
serait sur ma physionomie tandis que
la sienne me resterait cachée. Les quatre
religieux restèrent debout derrière sa
chaise; ils tenaient les bras croisés, la
bouche serrée, les yeux à demi fermés,
la tête baissée; on eût dit qu'ils venaient
assister malgré eux à l'exécution d'un criminel. Le supérieur m'adressa la parole
d'une voix douce:

« Mon fils, vous n'avez cessé depuis quelque temps de vous occuper de votre confession : c'est fort louable ; mais vous êtes-vous accusé de tous les crimes que votre conscience vous reproche? »

— « Oui, mon père. »

— « De tous ! en êtes-vous bien sûr? »

— « Mon père, je me suis accusé de tous ceux que je connaissais. Du reste il n'y a que Dieu qui puisse pénétrer dans les abîmes du cœur. J'ai sondé le mien aussi profondément que je l'ai pu. »

— « Et vous avez mis par écrit tout ce que vous y avez trouvé? »

— « Oui. »

— « Et vous n'avez point découvert parmi vos fautes celle d'avoir obtenu les moyens d'écrire votre confession, et d'en avoir abusé pour un usage tout différent? »

C'était là le point délicat ; je sentis qu'il était nécessaire d'invoquer toute ma fermeté. Je fis donc usage d'une légère équivoque, et je dis :

« Ce n'est pas là une faute dont ma conscience m'accuse. »

— « Mon fils, ne cherchez point à tromper votre conscience ou moi. Je devrais même être au-dessus d'elle dans votre estime, car si votre conscience errait, ce serait à moi que vous vous adresseriez pour l'éclairer et la diriger. Mais je m'aperçois que c'est en vain que j'essaie de toucher votre cœur : j'y ferai en peu de mots un dernier appel.

Il vous reste encore quelques momens d'indulgence ; il dépend de vous d'en user ou d'en abuser. Je vais vous faire un petit nombre de questions bien simples ; si vous refusez d'y répondre, ou si vous n'y répondez pas avec sincérité, votre sang retombera sur votre propre tête. »

Je tremblai, mais je dis : « Mon père, ai-je donc jamais refusé de répondre à vos questions ? »

— « Toutes vos réponses sont évasives ou ne consistent qu'en nouvelles interrogations. Il faut en faire de simples et de directes aux questions que je vais vous proposer en présence de ces frères. Plus que vous ne pensez votre sort dépendra de la manière dont vous allez me répondre. C'est malgré moi que je vous donne cet avertissement. »

Effrayé par ces paroles, et humilié au point de vouloir me rendre mes juges propices, je me levai de mon siége; mais je m'y appuyai ensuite afin de me soutenir.

« Mon Dieu! » dis-je, « pourquoi tous ces préparatifs? De quoi suis-je coupable? Pourquoi ces avertissemens qui ne sont que de mystérieuses menaces? Pourquoi ne me dit-on pas quel a été mon crime? »

Les quatre religieux qui, jusqu'à ce moment, n'avaient ni parlé ni même levé la tête, dirigèrent pour lors vers moi leurs regards livides, et dirent tous à la fois, avec des accens qui semblaient

sortir d'un sépulcre : « Votre crime
est...... » Le supérieur leur fit signe de
garder le silence, et cette interruption
augmenta ma frayeur. Quand nous nous
sentons coupables, nous craignons toujours qu'on nous attribue des crimes
encore plus grands que ceux que nous
avons commis. Il nous semble que la
conscience des autres doit venger par
d'horribles exagérations les capitula-
tions de la nôtre. Je ne savais pas de
quel crime on allait m'accuser ; et déjà
ma correspondance clandestine ne me
paraissait que de la poussière dans la
balance de leur ressentiment ; mais ces
craintes vagues se changèrent bientôt
en de véritables quand le supérieur me
proposa ses questions.

« Vous vous êtes procuré une grande quantité de papier : comment l'avez-vous employé ? »

Je me remis, et je dis : « Ainsi que je le devais. »

— « Mais enfin comment ? A décharger votre conscience ?

— « Oui : à décharger ma conscience. »

— « C'est faux. Le plus grand pécheur de la terre n'aurait pu couvrir tant de pages de la liste de ses crimes. »

— « On m'a souvent dit dans le couvent que j'étais en effet le plus grand pécheur de la terre. »

— « Vous éludez encore, et vous convertissez vos équivoques en repro-

ches. Cela n'est pas bien ; il faut répondre nettement. Pourquoi vous êtes-
vous procuré tant de papier, et comment l'avez-vous employé ? »

— « Je vous l'ai déjà dit. »

— « Vous l'avez donc employé à écrire
votre confession ? »

Je ne dis rien ; mais je fis une révérence d'affirmation.

— « Vous pouvez donc sans doute
nous montrer les preuves de votre ap-
plication à vos devoirs. Où est le ma-
nuscrit qui contient votre confession ? »

Je rougis, j'hésitai, et puis je mon-
trai une demi-douzaine de pages tachées
et griffonnées. C'était ridicule. Il n'y
avait pas la dixième partie du papier
que l'on m'avait donné.

« Et c'est là votre confession? » me dit le supérieur.

— « Oui, mon père. »

— « Et vous osez dire que vous avez employé à cet usage tout le papier que l'on vous a confié? »

Je gardai le silence.

— « Misérable! » s'écria le supérieur, perdant la patience ; « découvrez à l'instant l'usage que vous avez fait du papier que l'on vous a accordé. Avouez sur-le-champ que vous vous en êtes servi pour un usage contraire aux intérêts de cette maison. »

Ces mots me réveillèrent : je crus deviner qu'ils ne craignaient que pour leurs intérêts, et je me sentis fort. Je répondis donc :

« Pourquoi me soupçonne-t-on ? Si *vous* n'êtes pas coupables, de quoi pourrais-je vous accuser ? De quoi pourrais-je me plaindre, si vous ne m'en avez pas donné de cause ? C'est à vos consciences à répondre à cette question pour moi. »

A ces mots les religieux voulurent de nouveau se mêler à la conversation, mais le supérieur leur répéta le même signe qu'auparavant, et continua à me faire des questions si précises, qu'elles paralysèrent toute mon énergie.

« Vous ne voulez donc pas me dire ce que vous avez fait du papier que l'on vous a confié ? »

Je ne dis rien.

« Je vous ordonne, par votre vœu

d'obéissance, de le découvrir à l'instant même. »

Sa voix s'était montée en parlant au ton de la colère ; je repris courage à mon tour, et je dis :

« Mon père, vous n'avez pas le droit d'exiger de moi cette déclaration. »

— « Il ne s'agit pas maintenant du droit. Je vous ordonne de me le dire. J'exige de vous un serment sur l'autel de Jésus-Christ, sur l'image de sa sainte mère. »

— « Vous n'avez pas le droit d'exiger de moi un pareil serment. Je connais les règles de la maison ; je ne suis res-ponsable qu'à mon confesseur. »

— « Mettez-vous donc en balance le droit et le pouvoir ? Vous sen-

tirez bientôt que dans ces murs, il n'y
a point de différence entre eux. »

— « Je ne dis pas le contraire. »

— « Et vous ne voulez donc pas
dire ce que vous avez fait de ces papiers,
noircis sans doute des plus infernales
calomnies ? »

— « Je ne le veux pas. »

— « Et vous ne craignez point de
risquer les conséquences de votre opiniâtreté ? »

— « Je ne le crains point. »

Les quatre religieux répétèrent encore dans le même ton qu'auparavant :
« Que les conséquences retombent
sur lui ! » Mais pendant qu'ils parlaient, deux d'entre eux me dirent à

l'oreille : « Délivrez vos papiers, et il ne sera plus question de rien. »

« Je n'ai rien à délivrer, » répondis-je ; « je ne possède pas une page que ce que vous m'avez pris. »

Les religieux qui venaient de me parler me quittèrent. Ils parlèrent bas au supérieur, qui me jetant un regard terrible, s'écria :

« Vous ne voulez donc pas délivrer vos papiers ? »

— « Je n'ai rien à délivrer ; Examinez ma personne ; examinez ma cellule ; tout vous est ouvert. »

— « Ou du moins le sera bientôt, » dit le supérieur furieux. A l'instant la recherche commença. Il n'y eut pas de meubles dans ma cellule qu'ils n'exa-

II.   14

minèrent. Ma chaise et ma table furent
renversées, secouées et enfin brisées,
afin de découvrir s'il ne s'y trouvait point
quelques papiers cachés. On arracha
les estampes des murs; on les tint contre la lumière; on brisa jusqu'aux ca-
dres. On examina ensuite mon lit; on
jeta les matelas par terre; on les décou-
sit; on tira la paille de la paillasse.
L'activité de ces moines formait un
singulier contraste avec l'impassibilité
qu'ils avaient témoignée quelques momens auparavant.

Pendant ce temps je me tenais au
milieu de la chambre, ainsi qu'on me
l'avait ordonné, et sans me détourner
à droite ni à gauche. Ils ne trouvèrent
rien qui justifiât leurs soupçons; ils

m'entraînèrent ensuite, et examinèrent
ma personne avec la même rapidité, la
même rigueur et la même inconve-
nance. Tous mes habits furent par
terre dans un instant; on défit jusqu'aux
coutures de ma robe, et pendant l'examen, je m'enveloppai dans une des
couvertures de mon lit. Quand il fut
fini, je leur demandai s'ils avaient découvert quelque chose. Le supérieur me
répondit avec une voix courroucée, et
dans laquelle on distinguait la fierté
luttant vainement contre un espoir
déçu : « J'ai d'autres moyens pour découvrir ce secret. Préparez-vous-y, et
tremblez que je ne les emploie! »

A ces mots il quitta ma cellule, en
faisant signe aux quatre religieux de

le suivre. On me laissa seul : je ne doutai
plus de mon danger. Je me voyais exposé à toute la fureur de cet homme.
Je guettais attentivement les pas qui
résonnaient dans le corridor. Le son
d'une porte qui s'ouvrait ou qui se fermait près de moi, me faisait trembler.
Les heures se passèrent ainsi dans les
tortures de l'incertitude, et n'amenè-
rent aucun événement. Personne n'approcha de moi cette nuit. Le lendemain était le jour de la grande confession. Je pris ma place au chœur, tremblant et regardant tout le monde. Il me
semblait que tous les yeux étaient tour-
nés sur moi, et que les bouches silen-
cieuses me disaient : « C'est vous-même
qui êtes cet homme! » Souvent je dé-

sirais que l'orage qui s'ammoncelait autour de moi éclatât. Il vaut mieux entendre le bruit du tonnerre que guetter
le nuage électrique. L'orage n'éclata
pas pour le moment, et quand les devoirs de la journée furent remplis, je me
retirai dans ma cellule, et j'y restai pen-
sif, inquiet, irrésolu.

La confession avait commencé. J'entendais les pénitens, l'un après l'autre,
revenir de l'église, et fermer les portes
de leurs cellules. Je commençais à
craindre que l'on ne voulût m'exclure
du sacrement, et que cette exclusion,
d'un droit sacré et indispensable, ne
fût le commencement d'une suite de
rigueurs mystérieuses. J'attendis cependant, et je fus à la fin appelé. Ceci

me rendit le courage, et je remplis
mes devoirs avec calme. Quand j'eus
fini ma confession, on me fit seulement quelques questions assez simples.
On me demanda si je ne m'accusais
pas d'avoir manqué *intérieurement* à
quelque devoir conventuel, si je n'a-
vais rien de *réservé*; rien sur ma
conscience. Quand j'eus donné des réponses négatives, on me laissa partir.
Ce fut cette même nuit que mourut le
portier. Mon dernier paquet était parti
depuis quelques jours; je n'avais rien à
craindre. Pas un être vivant, pas une
ligne d'écriture qui pût déposer contre
moi! Je sentis renaître l'espérance, surtout, quand je songeai que le zèle et
l'adresse de mon frère ne manqueraient

pas de lui faire trouver quelque nouveau moyen pour faciliter nos communications.

Le calme dura pendant quelques jours, mais l'orage recommença bientôt à gronder. La quatrième soirée après la confession, j'étais seul dans ma cellule, quand j'entendis un bruit inusité dans le couvent. On sonna la cloche; le nouveau portier paraissait fort agité; le supérieur courut d'abord au parloir et puis à sa cellule. On appela ensuite quelques-uns des religieux les plus âgés. Les jeunes se parlaient à l'oreille dans les corridors, fermaient leurs portes avec violence; en un mot, la confusion était générale. De pareilles circonstances seraient à peine remarquées dans une maison bourgeoise, habitée par la famille la plus tranquille ; mais, dans un couvent, la triste monotonie de ce que l'on peut appeler l'existence intérieure, donne de l'intérêt aux moindres événemens extérieurs de la vie ordinaire. Je sentais cela, et je me disais : Il se passe quelque chose d'extraordinaire ; puis j'ajoutais : ce qui se passe a rapport à moi. Mes deux conjectures se vérifièrent l'une et l'autre. L'heure était déjà fort avancée, quand on vint me dire d'aller trouver le supérieur dans son appartement. Je répondis que j'étais prêt à m'y rendre. Deux minutes après l'ordre fut révoqué, et l'on me pria de rester dans ma cellule, et d'y attendre le père supérieur. Je répondis

encore que j'obéissais. Mais ce changement soudain me remplit d'une terreur
vague, et dans toutes les vicissitudes
de ma vie et de mes sensations, je n'ai
jamais éprouvé de crainte plus terrible.
Je marchais en long et en large, répétant incessamment : Mon Dieu! proté-
gez-moi! Mon Dieu! donnez-moi des
forces! Puis tout à coup je craignais
d'implorer la protection de Dieu, in-
certain si la cause dans laquelle j'étais
engagé la méritait. Cependant, mes
idées furent toutes renversées, par
l'entrée subite du supérieur, et des quatre moines qui l'avaient déjà accompagné lors de sa première visite. Je me
levai en les voyant; aucun d'eux ne
m'invita à m'asseoir. Le supérieur s'avan-

çant d'un air courroucé, jeta quelques papiers sur la table, et me dit : « Est-ce là votre écriture? »

Je jetai sur les papiers un regard pressé et effrayé. *C'était la copie de mon mémoire.* J'eus la présence d'esprit de répondre : « Ce n'est pas mon écriture. »

—« Misérable! vous tergiversez; c'est la copie de votre écriture. »

Je gardai le silence.

« En voici la preuve, » ajouta le supérieur, en jetant sur la table un autre papier. Celui-ci était la copie d'un mémoire que l'avocat m'adressait. Ils n'avaient pas le droit de me le cacher, parce qu'il venait d'une cour supérieure. Rien ne pouvait égaler le désir que j'é-

prouvais de le lire ; mais je n'osai pas
même y jeter un coup d'œil. Le supérieur en déplia toutes les pages l'une
après l'autre en disant : « Lisez, misérable, lisez; examinez-en bien toutes les
lignes. »

Je m'approchai en tremblant. Je regardai l'écrit ; dès les premiers mots je
vis celui d'espérance. Mon courage se
ranima, et je dis : « Mon père, je re-
connais ceci pour être une copie de mon
mémoire, je vous demande la permission de lire la réponse de l'avocat, vous
ne pouvez me la refuser. »

« Lisez-la, » dit le supérieur, en me
la lançant avec colère.

Vous pouvez croire, Monsieur, que
dans un pareil moment, je ne devais

pas lire d'un œil bien assuré. Ma pénétration, d'ailleurs, ne fut pas augmentée quand je vis les quatre moines sortir de la cellule, à un signal que je n'a-
perçus pas. Je restai seul avec le supérieur; il se mit à marcher dans ma cellule pendant que je paraissais étudier
le mémoire de l'avocat. Tout-à-coup il
s'arrête, et frappe violemment la table
avec sa main. Les papiers que je tenais
en tremblèrent. J'en tressaillis sur ma
chaise.

« Misérable ! » dit le supérieur,
« croyez-vous que de pareils papiers
aient jamais encore déshonoré le couvent ? Ce n'est que depuis votre fatale entrée chez nous, que nous sommes
insultés par des mémoires d'avocats.

Comment avez-vous osé. . . . . . .? »

— « Quoi, mon père ? »

— « Réclamer contre vos vœux, et nous exposer tous au scandale de suivre des procédures dans une cour civile? »

— « J'ai cru ce scandale moins grand que mon malheur. » La vue des papiers augmentait ma confiance, et j'ajoutai : « Mon père, ce serait en vain, que vous vous efforceriez de diminuer ma répugnance pour la vie monastique. La preuve que cette répugnance est invincible est devant vous. Si je me suis rendu coupable d'une démarche qui viole le décorum d'un couvent, j'en suis fâché, mais je ne suis pas répréhensible. Ceux qui m'ont forcé d'y entrer sont seuls coupables de la violence qu'ils attribuent faussement à moi. Je suis résolu, s'il est possible, de changer ma position. Vous voyez les efforts que j'ai déjà faits, soyez assuré qu'ils ne cesseront jamais. Les contrariétés ne feront que redoubler leur énergie, et s'il y a un pouvoir dans le ciel ou sur la terre qui puisse faire annuler mes vœux, je saurai trouver ce pouvoir et m'adresser à lui. »

Je ne pensais pas qu'il m'écoutât jusqu'au bout. Il en eut cependant la patience. Il montra même beaucoup de calme, et je me préparais à entendre et à repousser tour à tour les reproches et les sollicitations, les remontrances et les menaces dont on sait si bien faire usage dans les couvens.

« Votre répugnance pour la vie du couvent est donc invincible? » me dit-il à la fin.

— « Oui, mon père. »

— « Mais qu'est-ce qui vous y déplaît? ce ne sont pas vos devoirs : car vous les remplissez avec l'exactitude la plus édifiante. Ce ne sont pas les traitemens que vous y éprouvez, ils ont été aussi indulgens que notre règle puisse le permettre. Ce n'est pas la communauté, vous savez qu'elle est toute entière disposée à vous aimer et à vous complaire. De quoi donc vous plaignez-vous? »

— « De la vie elle-même, qui renferme tout. Je ne suis pas fait pour être moine. »

— « Rappelez-vous bien que quoique

nous soyons forcés d'obéir aux formes
des tribunaux humains, par la nécessité qui nous rend dépendans des ins-
titutions des hommes, dans tous nos
rapports avec eux, ces formes ne peuvent nous lier dans nos rapports avec la
divinité. Soyez assuré, mon enfant égaré, que si tous les tribunaux de la terre
vous déliaient aujourd'hui même de vos
vœux, votre propre conscience ne les
annulerait jamais. Pendant tout le reste
de votre ignominieuse vie, elle conti-
nuerait à vous reprocher la violation
d'un vœu, violation approuvée par les
hommes, mais que Dieu ne sanction-
nerait jamais. Jugez combien, à votre
dernière heure, ces reproches seraient
terribles. »

— « Pas si terribles qu'à l'heure où je formai ces vœux, ou pour mieux dire, à l'heure où ils me furent extorqués. »

— « Extorqués ! »

— « Oui, mon père, oui, j'en prends le ciel à témoin contre vous. Dans cette matinée désastreuse, votre courroux, vos remontrances, vos prières, eussent été aussi inutiles qu'ils le seront aujourd'hui, si vous n'aviez jeté le corps de ma mère à mes pieds.

— « Et pouvez-vous me reprocher mon zèle pour votre salut ! »

— « Je ne désire point vous faire de reproches. Vous êtes instruit de la démarche que j'ai faite; vous me connaissez assez pour croire que je la poursuivrai de tout mon pouvoir, que je n'aurai

pas de repos que mes vœux ne soient
annulés, tant qu'il m'en restera la
moindre espérance, et qu'une âme
comme la mienne sait convertir en espoir jusqu'au désespoir même. Entouré, soupçonné, épié comme je l'ai été,
j'ai cependant trouvé le moyen de faire
remettre des papiers aux mains de l'a-
vocat. Calculez la force d'une résolution qui a pu effectuer une pareille démarche au sein même d'un couvent;
jugez de l'inutilité de toute opposition
à l'avenir, puisque vous n'avez pu ni
empêcher, ni découvrir les premiers pas
que j'ai faits dans mon projet. »

A ces mots le supérieur garda le silence; je crus avoir fait de l'impression
sur lui, j'ajoutai :

« Si vous désirez épargner à la communauté la disgrâce de me voir poursuivre mon appel, tandis que je serai dans ses murs, l'alternative est simple. Laissez un jour la porte mal gardée, fermez les yeux sur ma fuite, et soyez sûr que je ne vous molesterai ni ne vous déshonorerai plus par ma présence. »

— « Comment ! vous ne vous contentez pas de me rendre le témoin de votre crime, vous voulez encore que j'en sois le complice ! Apostat et plongé comme vous l'êtes dans la perdition, je vous tends la main pour vous en sauver, et vous ne me récompensez qu'en la saisissant pour m'entraîner, s'il se peut, dans l'abîme avec vous. »

Cette malheureuse proposition ne servit qu'à me le rendre plus contraire; elle avait excité sa passion dominante : car il était d'une sévérité exemplaire pour la discipline. J'attendais patiemment que ce nouvel orage s'apaisât, pendant que le supérieur ne cessait de répéter :

« Mon Dieu ! pour quelle offense suis-je ainsi humilié ? Quel est le crime inconcevable qui ait pu faire mériter cette disgrâce au convent tout entier ? Que deviendra notre réputation ? Que dira tout Madrid ? »

— « Mon père, » lui dis-je, « croyez-moi ; qu'un obscur religieux vive, meure ou réclame contre ses vœux, ce sont là des sujets de fort peu d'impor-

tance hors des murs de son couvent.
On ne tardera pas à m'oublier, et vous
vous consolerez en voyant l'harmonie
rétablie dans la discipline de votre maison, que j'aurais toujours troublée. »

Le supérieur, sans m'écouter, con-
tinuait à marcher dans ma cellule, disant en lui-même :

« Que pensera le monde? Que de-
viendrons-nous? » jusqu'à ce qu'enfin
sa colère se trouva montée au plus haut
point. Se tournant alors tout-à-coup
vers moi, il s'écria : « Misérable! re-
noncez à votre horrible projet, renoncez-
y à l'instant même. Je ne vous donne
que cinq minutes pour réfléchir. »

— « Cinq ans de réflexions ne chan-
geraient rien à ma résolution. »

— « Tremblez donc que vos jours ne suffisent point à l'exécution de ce projet impie. »

En disant ces mots, il s'élança hors de ma cellule. Les momens que je passai durant son absence furent, je crois, les plus horribles de ma vie. Ma terreur était augmentée par l'obscurité, car il faisait nuit, et le supérieur avait emporté la chandelle avec lui. Mon émotion ne m'avait pas d'abord permis de l'observer. Je sentais que j'étais dans les ténèbres et je ne savais pas pourquoi ni comment. Une foule d'images d'une horreur indéfinissable passèrent devant mes yeux. J'avais beaucoup entendu parler des châtimens cruels que l'on infligeait dans les couvens; les mots me-

naçans du supérieur me paraissaient
écrits en traits de flammes sur les murs
de ma cellule. Je frémis, je jetai des
cris, quoique certain que sur soixante
personnes qui composaient la communauté, il n'y en avait pas une qui eût
la volonté ou le courage de me plaindre.
Enfin, l'excès même de mes craintes
m'en guérit. Je me dis à moi-même :
« Ils n'oseront pas m'assassiner, ils n'o-
seront pas non plus m'incarcérer : ils
sont responsables de ma personne envers le tribunal devant lequel j'ai appelé. Ils n'oseront donc se rendre coupables d'aucune violence. »

Je venais de terminer ce raisonnement sophistique, comme tous ceux
qu'inspire l'espérance, quand la porte

de ma cellule se r'ouvrit, et je vis
rentrer le supérieur et ses quatre satel-
lites. L'obscurité dont je sortais me
força de tenir les yeux à demi-fermés ;
je distinguai cependant qu'ils portaient
une corde et un sac. Je tirai de cet ap-
pareil les présages les plus effrayans, je
changeai sur-le-champ de raisonnement,
et au lieu de dire : ils n'osent pas faire
telle ou telle chose, je me demandais
quelle était la chose qu'ils n'oseraient
pas faire. J'étais en leur pouvoir, ils le
savaient, je les avais provoqués, qu'al-
lais-je devenir ?

Ils s'approchèrent de moi. J'imaginai que la corde devait servir à m'é-
trangler, et le sac à envelopper mon
corps. Mille tableaux sanguinaires se

présentèrent à mon imagination; je croyais entendre les gémissemens de mille victimes, immolées comme moi, s'élever des souterrains du couvent. Je ne sais ce que c'est que la mort, mais je suis convaincu que dans ce moment je souffris beaucoup plus qu'on ne souffre en mourant. Ma première impulsion fut de me jeter à genoux.

« Je suis en votre pouvoir, » leur dis-je, « je suis coupable à vos yeux. Accomplissez votre dessein, mais ne me faites pas souffrir long-temps. »

Le supérieur, sans faire attention à ce que je disais, ou peut-être même sans l'entendre, me dit :

« Maintenant, vous êtes dans la posture qui vous convient. »

II.   16

Quand j'entendis ces mots, moins
affreux que ce que j'avais craint, je me
prosternai la face contre terre. Quelques instans auparavant j'en aurais rou-
gi, mais combien la crainte avilit! Je
craignais la violence, j'étais très-jeune,
et quoique je ne connusse la vie qu'en
imagination, je ne l'en aimais pas moins
pour cela. Les quatre moines, crai-
gnant peut-être que ma soumission n'at-
tendrît le supérieur, s'empressèrent de
lui dire :

« Révérend père, ne vous laissez point
tromper par cette fausse humilité. Le
moment de la miséricorde est passé ;
vous lui avez offert le temps de délibé-
rer, il a refusé d'en profiter, vous ne
venez plus maintenant pour écouter ses

tête. Ils me jettèrent dessus et se prépa-
rèrent à partir. Je ne me débattais plus,
car je sentais que c'eût été inutile ; je les
suppliais seulement de me laisser une
lumière et je fis cette prière avec autant
d'ardeur que si j'eusse demandé la liberté. Ainsi le malheur nous fait toujours entrer dans de petits détails. Nous
n'avons pas la force d'envisager toute
l'étendue de notre calamité.

« De grâce, leur dis-je, laissez-moi
une lumière, quand ce ne serait que
pour me défendre contre les reptiles
qui doivent être ici en grand nombre. »

Je voyais déjà que ma supposition
n'était pas gratuite, car plusieurs insec-
tes d'une grandeur énorme, troublés à
la vue inusitée de la lumière, descen-

supplications, mais pour rendre justice. »

A ces mots, qui m'annonçaient tout ce qu'il y avait de plus affreux, je me traînai toujours à genoux de l'un à l'autre, je leur dis en versant des larmes : « Frère Clément! frère Justin! pourquoi irritez-vous le supérieur contre moi? Pourquoi hâtez-vous l'exécution d'une sentence qui, juste ou non, sera sans doute sévère? J'ai souvent intercédé pour vous quand vous vous êtes rendus coupables de quelques légères fautes, est-ce là ma récompense? »

« Nous perdons le temps, » s'écrièrent les moines.

« Arrêtez, » dit le supérieur, « laissez-le parler. Voulez-vous profiter du dernier moment d'indulgence que je puisse vous accorder, et renoncer pour jamais à l'horrible résolution de faire annuler vos vœux ? »

Ces mots rappelèrent toute mon énergie; je me levai au milieu d'eux, et je leur dis d'une voix haute et distincte : « Jamais ; je suis devant le tribunal de Dieu. »

— « Malheureux ! vous avez renié Dieu. »

— « Eh bien, mon père, il ne me reste donc plus qu'à espérer que Dieu ne me reniera pas ; j'ai appelé aussi à un tribunal où vous n'avez pas de pouvoir. »

— « Mais nous avons du pouvoir ici, et vous le sentirez. »

Il fit pour lors un signal et les quatre

religieux s'approchèrent de moi; je jetai
un faible cri, l'instant d'après, je me
soumis; je fus surpris de voir qu'au lieu
d'attacher les cordes autour de mon cou
comme je m'y étais attendu, ils s'en
servirent pour me lier les mains. Ils m'ô-
tèrent ensuite ma robe et me couvrirent
du sac. Je ne fis pas de résistance; mais
vous l'avouerais-je, monsieur, je fus un
peu contrarié. J'étais préparé à mourir
et il me paraissait que j'étais menacé de
quelque chose de pire que la mort. Nous
bravons souvent la mort quand elle
s'offre à nous tout-à-coup, mais nous
ne pouvons la supporter quand elle
arrive pas à pas et nous laisse le temps
de contempler à loisir toutes ses horreurs. J'étais préparé à tout excepté à ce

qui m'arriva. Attaché comme un criminel et enveloppé du sac, ils m'entraînèrent le long des corridors; je ne jetais pas
un cri, je ne faisais aucune résistance.
Ils descendirent l'escalier qui conduisait à l'église, ils traversèrent le bas côté.
Un passage obscur s'y trouvait que je
n'avais pas encore remarqué. Nous y
entrâmes; une petite porte, tout au fond
offrait une perspective effrayante. A sa
vue, je m'écriai : « Vous ne voulez
pas sans doute me renfermer là ? Vous
ne voulez pas me plonger dans cet horrible cachot, pour y périr dans des va-
peurs malsaines, pour y être dévorés par
des reptiles ? Non, vous ne le ferez pas;
songez que vous répondez de ma vie. »

Quand j'eus prononcé ces mots ils

m'entourèrent. Alors, et pour la première fois, je me débattis, j'appelai
au secours. C'était le moment qu'ils at-
tendaient. Ils désiraient de ma part
quelque marque de répugnance. Un
frère lai, qui guettait dans le passage,
donna soudain le signal en sonnant la
cloche, cette cloche terrible, au son de
laquelle tout habitant d'un couvent doit
rester dans sa cellule, parce qu'elle in-
dique qu'il se passe quelque chose d'extraordinaire dans la maison. Au premier
coup je perdis toute espérance. Il me
semblait que dans le monde entier il
n'existait d'autres hommes que ceux
qui m'entouraient et qui, à la lueur livide du seul flambeau dont ce passage
était éclairé ressemblaient à autant de

spectres entraînant une âme condamnée dans le séjour de l'éternelle nuit.

Ils me firent descendre précipitamment les marches qui conduisaient vers cette porte, laquelle était beaucoup au-dessous du niveau du passage. Ils furent long-temps sans pouvoir l'ouvrir; ils essayaient les clefs. Peut-être étaient-ils émus en songeant à l'atrocité qu'ils allaient commettre; et ce délai accrut au-delà de toute idée mes terreurs. Je m'imaginai que ce terrible caveau n'avait jamais encore été ouvert, que j'étais la première victime que l'on y renfermait et que leur intention était que je ne le quittasse point en vie. A mesure que ces pensées me venaient, je jetais de grands cris, quoique je susse

que j'étais loin de toute oreille humaine;
mais mes cris furent étouffés par le bruit
de la pesante porte qui finit par céder
aux efforts réunis des quatre religieux
et qui s'ouvrit en grattant contre les
pierres du pavé. On s'empressa de me
faire entrer, tandis que le supérieur se
tenait en dehors, frémissant malgré lui
du spectacle qui se présentait à ses regards. J'eus le temps d'examiner les
meubles de ma demeure que je regardais comme ma dernière: elle était en
pierres; le toit formait la voûte; sur un
bloc de pierre était un crucifix et une
tête de mort; à côté, un pain et une
cruche d'eau; par terre, il y avait un
paillasson pour se coucher, avec un second paillasson roulé pour appuyer la

II. 17

daient les murs en rampant. Pendant ce temps, les religieux unissaient tous leurs efforts pour fermer la porte et ne me répondaient pas ; je réitérai mes prières pour qu'on me laissât une lumière, ne fût-ce que pour regarder le crâne et pour trouver mon chemin vers le crucifix quand je voulais prier. Ils ne m'écoutèrent pas et fermèrent la porte. Je les entendis s'éloigner.

Vous ne croiriez peut-être pas, monsieur, que je dormis d'un profond sommeil; mais j'aimerais mieux ne jamais dormir de nouveau que de me réveiller comme je le fis au sein des ténèbres. Je ne devais donc plus revoir la lumière! Rien ne m'aidait à calculer le cours du temps, si ce n'est le retour régulier du moine qui,

tous les jours, m'apportait ma ration
de pain et d'eau. Quand il aurait été
l'être que j'aurais le plus chéri au
monde, le bruit de ses pas ne m'eût
pas causé une sensation plus délicieuse.
Il faut avoir été dans la position où
je me suis vu pour se faire une idée
des moyens que l'on trouve pour dé-
guiser la longueur du temps. Comme
l'œil s'accoutume à l'obscurité, l'esprit
peut sans doute s'y habituer aussi. Sans
cela, comment aurais-je pu réfléchir,
conserver du courage et même quelque
espérance dans cet horrible séjour!
Ainsi, quand tout le monde semble s'u-
nir contre nous, nous prenons notre
propre défense avec toute l'opiniâtreté
du désespoir, tandis que quand nous ne

voyons autour de nous que des adora-
teurs, nous sommes continuellement
en butte au dégoût et aux reproches de
notre conscience.

Le prisonnier qui se berce d'un rêve
de liberté souffre moins d'ennui que le
monarque sur son trône, environné de
flatteurs et rassasié de voluptés. Je songeai que tous mes papiers étaient en sû-
reté; que ma cause se poursuivait avec
vigueur; que le zèle de mon frère m'a-
vait procuré le meilleur avocat de
Madrid; qu'ils n'oseraient pas m'assassiner, parce que le crédit du couvent
dépendait de ma comparution, quand
le tribunal me demanderait; que le
rang même de ma famille était pour
moi une puissante protection, quoique

selon toutes les apparences mon ardent
et généreux frère fût le seul être qui
m'y fût favorable ; que si l'on m'avait
permis de recevoir et de lire le premier
mémoire de l'avocat, par les mains
du supérieur lui-même, il était absurde
de penser que l'on me refusât de lui
parler quand l'affaire serait plus avancée. Ce fut là à peu près ce que mon
espérance me suggéra, et tout cela était
assez plausible. Faut-il dire aussi ce que
mon désespoir y opposait? Je frémis
encore en y pensant. L'idée la plus af-
freuse était que je pouvais, malgré tout
ce que je viens de dire, être assassiné
en secret, avant qu'il fût possible aux
tribunaux de parvenir à me délivrer.

Telles furent mes réflexions, Mon-

sieur. Vous me demanderez peut-être
aussi à quoi je m'occupais. Ma position
ne me permettait pas de rester oisif, et
quoique parmi mes occupations, il y
en eût de dégoûtantes, elles ne lais-
saient pas que de remplir mes momens.
D'abord j'avais mes dévotions à faire.
La religion était ma seule ressource
dans la solitude et dans les ténèbres.
Pendant les cours instants où le moine
venait m'apporter mes alimens, j'ar-
rangeais, à la faible lueur de son flambeau, mon crucifix de manière à pouvoir le sentir en me réveillant. Cela
m'arrivait souvent, et ne sachant pas
s'il faisait jour ni nuit, je disais ma
prière au hasard. Que m'importait
l'heure où je récitais les matines ou les

vêpres? il n'y avait ni matin ni soir pour moi. Mais le crucifix était ma consolation. Chaque fois que je le touchais, je me disais : « Mon Dieu est avec moi dans mon cachot. C'est un Dieu qui a souffert et qui sait me plaindre. Quelle misère pourrais-je supporter qui pût se comparer à l'humiliation qu'il a soufferte pour les péchés de l'homme et pour les miens! » En parlant ainsi je baisais l'image sacrée que ma bouche avait de la peine à trouver dans l'obscurité.

J'avais encore d'autres occupations, moins sublimes, mais non moins nécessaires. Les reptiles qui remplissaient le caveau dans lequel on m'avait jeté, me forçaient à une guerre continuelle, en-

nuyeuse et ridicule. Mon paillasson
avait été placé sur le théâtre même du
combat. Je le dérangeai ; ils me suivirent. Je le plaçai contre le mur. Je me réveillais souvent avec horreur en sentant
leurs membres froids et gonflés parcou-
rir mon corps. Je les frappais, j'essayais
de les effrayer par le bruit de ma voix,
ou bien de m'armer contre eux à l'aide
de mes paillassons ; mais je mettais
surtout mes plus grands soins à défendre de leurs approches mon pain et
ma cruche d'eau. J'imaginai mille
précautions aussi triviales qu'inutiles,
mais qui servaient du moins à m'occuper.

Il me reste à vous parler d'un passe-
temps que je ne puis appeler une occu-

pation. J'avais songé en moi - même qu'une heure était composée de soixante minutes et une minute de soixante secondes. Cela me donna l'idée que je pourrais marquer le temps aussi exactement que l'horloge du couvent et calculer ainsi la durée de ma détention. Je me mettais donc à compter soixante. Parfois un doute s'élevait dans mon esprit ; je craignais de compter plus vite qu'une horloge et je regrettais pour lors de n'être pas insensible comme elle, afin de n'avoir aucun motif pour presser le cours du temps. Cependant je comptais avec plus de lenteur. Souvent le sommeil me surprenait dans cet exercice, que j'avais peut-être adopté en partie dans ce but ; mais à peine réveillé je m'y remettais de plus belle. Ainsi couché sur mes paillassons, je balançais, je comptais, je mesurais le temps, tandis que j'étais privé de la vue délicieuse du soleil levant et couchant, de toute la fraîcheur du matin et du soir, de tout l'éclat du jour. Quand mon calcul était interrompu par le sommeil, je me consolais en pensant que soixante minutes ne pouvaient manquer de faire une heure.

Le quatrième jour de ma détention, à en juger du moins par les visites du religieux, il plaça comme à l'ordinaire mon pain et mon eau à côté de moi; mais il hésita quelque temps avant de se retirer. Il paraissait éprouver de la répugnance à me donner le plus léger espoir;

enfin cependant il fut obligé de me
dire que le supérieur s'était laissé
émouvoir par mes souffrances. Dieu
avait touché son cœur et il me permettait de quitter mon cachot. J'avais
à peine entendu ces mots que je me
levai précipitamment et que je m'élançai au dehors avec un cri qui fit tres-
saillir le religieux. Toute espèce d'é-
motion est rare dans un couvent et
l'expression de la joie y est un véritable phénomène. J'étais arrivé au passage avant que mon geôlier fût revenu
de sa surprise. Les murs du couvent
que naguère je regardais comme ceux
d'une prison, me semblaient alors le
séjour de la liberté. Je ne crois pas que
j'eusse éprouvé dans ce moment un

bonheur plus grand quand on m'aurait dit que ses portes m'étaient ouvertes. Je tombai à genoux pour rendre grâces à Dieu ; je le remerciai de ce qu'il m'avait rendu la lumière, l'air et le pouvoir de respirer. Pendant que j'épanchais ainsi mon cœur, je me sentis défaillir, ma vue se troubla. J'avais contemplé la lumière avec une ardeur trop vive. Je tombai sans connaissance, et je fus long-temps avant de revenir à moi.

En reprenant mes sens, je me trouvai dans ma cellule qui me parut telle que je l'avais laissée; seulement il faisait jour; et je suis convaincu que cette circonstance contribua plus à ma guérison que tous les alimens et les cordiaux que l'on me fournit en abondance. Pendant toute cette journée je n'entendis parler de rien et j'eus le temps de réfléchir aux motifs de l'indulgence avec laquelle j'étais traité. Je pensai que le supérieur pouvait avoir reçu l'ordre de me représenter, ou du moins qu'il ne pouvait empêcher plus long-temps les entrevues que mon avocat jugeait nécessaires à ma cause.

Vers le soir quelques religieux entrèrent dans ma cellule. Ils parlèrent de choses indifférentes et affectèrent d'attribuer mon absence à une indisposition. Je ne les détrompai pas. Ils me racontèrent comme en passant que mon père et ma mère, accablés de douleur par le scandale que j'avais causé

en appelant de mes vœux, avaient
quitté Madrid. J'éprouvai à cette nouvelle beaucoup plus d'émotion que je
ne leur en témoignai. Je leur demandai combien de temps j'avais été *ma-
lade*. Ils me répondirent quatre jours.
Cette réponse confirmait mes soupçons
sur la cause de ma délivrance; car l'a-
vocat m'avait dit dans sa lettre qu'il
aurait besoin de me parler dans cinq
jours.

Ma société se retira; mais je reçus
bientôt une autre visite. Après les vêpres, auxquelles on m'avait dispensé
d'assister, le supérieur entra dans ma
cellule. Il s'approcha de mon lit. Je
voulus me mettre sur mon séant; mais
il me pria de me tenir tranquille et

s'assit auprès de moi en me regardant d'un œil calme, mais pénétrant.

« Vous avez enfin découvert, » me dit-il, « que nous possédons le pouvoir de punir. »

— « Je n'en ai jamais douté. »

— « Avant que vous poussiez ce pouvoir à une extrémité qui, je vous en préviens, sera au-dessus de vos forces, je viens vous demander d'abandonner cet appel désespéré contre vos vœux, appel qui ne peut avoir d'autre résultat que de déshonorer Dieu et de tromper votre attente. »

— « Mon père, sans entrer dans des détails rendus inutiles par nos démarches réciproques, je ne puis que répondre que je poursuivrai mon appel de toutes les forces que la Providence a mises à ma disposition, et que le châtiment que j'ai souffert n'a fait qu'affermir ma résolution. »

— « C'est donc là votre dernier mot ? »

— « Oui, et je vous supplie de m'épargner ces importunités à l'avenir, elles seraient inutiles. »

Il garda le silence pendant longtemps et dit à la fin :

— « Et vous insisterez sur le droit que vous possédez d'avoir demain une entrevue avec votre avocat ? »

— « Je l'exigerai. »

— « Il ne sera pourtant pas nécessaire de lui faire part de votre dernier châtiment. »

II.   18

Ces mots me frappèrent, je les compris et je répondis :

« Cela ne sera pas nécessaire, mais cela pourra être utile. »

—« Comment! vous violeriez les secrets de la maison, pendant que vous êtes encore dans ses murs? »

— « Pardonnez-moi, mon père, si je vous fais observer que vous devez avoir outre-passé vos devoirs puisque vous mettez tant d'importance à cacher ce que vous avez fait. En parlant je ne dévoilerai donc pas les secrets de votre discipline, mais sa violation. »

Le supérieur gardant le silence, j'ajoutai :

« Si vous avez abusé de votre pouvoir, c'est vous qui avez été le coupable quoique moi seul j'en aie souffert. »

Il se leva et quitta ma cellule sans me répondre. Le lendemain j'assistai aux matines; vers la fin de l'office, au moment où les religieux allaient se retirer, le supérieur frappant avec force de la main sur son pupitre leur ordonna de ne pas quitter la place, après quoi il ajouta d'une voix de tonnerre :

« On demande les prières de toute la communauté en faveur d'un religieux qui, abandonné par l'esprit de Dieu, est sur le point de commettre une action déshonorante pour lui-même, honteuse pour l'église et inévitablement fatale à son salut. »

A ces mots terribles, les moines se mirent tous à genoux en frémissant. Je les imitai ; mais le supérieur, m'appelant par mon nom, dit tout haut: « Lève-toi, misérable, lève-toi et ne souille pas notre encens par ton haleine profane. » Je me levai tremblant et confus et me retirai en silence dans ma cellule où je restai jusqu'à ce qu'un religieux vînt m'avertir que l'avocat m'attendait au parloir.

Cette entrevue fut rendue tout-à-fait inutile par la présence du moine à qui le supérieur avait ordonné de rester avec nous, et que l'avocat n'avait pas le droit de renvoyer. Quand nous entrions dans des détails il nous interrompait en disant que son devoir ne lui permettait pas de laisser violer ainsi les règles du parloir. Quand je soutenais un fait, il le contredisait, me donnait sans cesse le démenti, et enfin troublait à tel point notre conférence, que je fus obligé, pour ma défense personnelle, de citer le châtiment que l'on m'avait fait subir. On ne pouvait le nier et d'ailleurs la pâleur de mon teint en était un témoignage invincible. Au moment où je commençai ce sujet, le religieux se tut, sans doute afin de mieux écouter, et l'avocat redoubla d'attention. Il prenait des minutes de tout ce que je disais et paraissait mettre plus d'importance à ce fait que je ne l'avais cru et même que je ne l'avais désiré.

La conférence finie, je retournai à ma cellule. Les visites de l'avocat se répétèrent pendant quelques jours jusqu'à

ce qu'il eût obtenu toutes les informa-
tions nécessaires pour suivre ma cause.
Pendant cet intervalle, je n'eus pas à me
plaindre de la conduite que l'on tenait
envers moi. Mais aussitôt que ses visites
eurent cessé, la persécution recommença; on me considérait comme un
homme envers qui il ne fallait point
garder de mesure et l'on me traitait en
conséquence. Je ne puis m'empêcher de
penser que leur intention ne fût que je
ne survécusse pas à l'issue de mon pro-
cès. Il est du moins certain qu'ils ne négligèrent rien de ce qui pouvait conduire à un pareil résultat. Ils commen-
cèrent le jour même de la dernière visite
de l'avocat. La cloche sonna pour le
dîner; j'allais prendre ma place ordi-

naire au réfectoire, quand le supérieur dit : « Arrêtez, posez un paillasson pour lui au milieu de la salle. »

Cet ordre fut exécuté, puis on me dit de m'asseoir sur le paillasson et l'on me donna du pain et de l'eau. Je mangeai peu et je mouillai de mes larmes ce que je touchais. Je prévoyais ce que j'aurais à souffrir et je ne me plaignis point ; quand on fit la prière, on me dit de me tenir au dehors de la porte, de peur que ma présence ne rendît sans effet la bénédiction que l'on allait implorer sur le repas.

CHAPITRE XI.

CE premier essai ne fut que le prélude de ce que j'eus à souffrir. On ne me permit point d'assister aux offices ; je me mettais à genoux devant la porte de l'église et j'entendais les religieux en entrant et en sortant m'accabler de reproches et d'imprécations ; je n'y répondais pas. Les jours suivans, on me servit mes repas dans ma cellule et quels repas encore! le rebut de la cuisine. Souvent on oubliait de me les envoyer. Je ne vous fatiguerai pas, monsieur, par le détail de tout ce que je souffris ; il suffira de vous décrire une seule de mes journées, elle vous servira à juger toutes les autres.

J'entendis sonner les matines: je descendis et je m'agenouillai devant la porte de l'église où je n'osais entrer. En rentrant dans ma cellule, je trouvai que l'on m'avait enlevé mon crucifix. Je me rendis à l'appartement du supérieur pour me plaindre de cet outrage. Je rencontrai par hasard dans le corridor un moine et deux pensionnaires. Ils se collèrent contre le mur, et serrèrent leurs vêtemens comme s'ils avaient eu peur que je ne les souillasse en les touchant. Je leur dis avec douceur: « Il n'y a pas de danger, le passage est assez large. » Le moine me répondit: « *Apage, Sata-*

II. 19

na.» Puis s'adressant aux pensionnaires, il ajouta :« Mes enfans, répétez avec moi, *apage, Satana*, évitez l'approche de ce démon qui outrage l'habit qu'il déshonore. »

Ils obéirent, et pour rendre l'exorcisme complet, ils me crachèrent au visage en passant. Je m'essuyai et je poursuivis mon chemin jusqu'à la chambre du supérieur ; je frappai à la porte avec timidité ; j'entendis ces mots : « Entrez en paix, » et je dis en moi-même : Ainsi soit-il. » En ouvrant la porte, je vis plusieurs religieux assemblés avec le supérieur. Ce dernier jeta un cri d'horreur en me voyant et se couvrit les yeux de sa robe. Les moines comprirent le signal ; on me mit dehors et l'on ferma la porte après

moi. Ce jour-là j'attendis plusieurs heures dans ma cellule avant que l'on m'ap-
portât à manger. Il n'y a point de situation d'esprit qui nous empêche de sentir
les besoins de la nature. J'avais été depuis plusieurs jours privé de la nourriture suffisante à mon âge. Je descendis
à la cuisine pour en demander ; le cui-
sinier fit le signe de la croix en me
voyant entrer, et je ne l'avais pas fait
sans hésiter, tant j'avais pris l'habitude
de rester partout à la porte. Ce servi-
teur avait appris à me regarder comme
un démon incarné. Il frémit en me de-
mandant ce que je voulais.

« Je veux de la nourriture, répondis-je, voilà tout. »

— « Eh bien, vous en aurez, mais

n'approchez pas davantage: en voilà. »

En disant ces mots, il jeta par terre les restes des plats, et j'avais si faim que je les dévorai avec avidité.

Dans ma cellule on ne me donnait point d'eau; il ne m'était pas permis d'en prendre au réfectoire, et dans les souffrances horribles que me causait la soif j'étais obligé de me mettre à genoux aux bords du puits et de puiser l'eau dans ma main, ou de la lapper comme un chien. Si je descendais pour un moment au jardin, ils profitaient de mon absence pour entrer dans ma cellule et pour enlever ou détruire tous les meubles qu'ils y trouvaient. Je vous ai déjà dit qu'ils m'avaient ôté mon crucifix; je ne cessai pourtant pas de m'agenouiller et de faire ma prière devant la table au-dessus de laquelle il avait été placé; on me l'enleva encore. Ma table, ma chaise, mon missel, mon rosaire, tout disparut successivement, et bientôt ma cellule ne présenta plus que les quatre murs dépouillés, avec un lit qu'ils avaient mis dans un état tel qu'il devenait impossible d'y goûter du repos.

Je vais maintenant, monsieur, vous décrire la suite des tourmens qu'ils me firent souffrir et auxquels vous aurez de la peine à ajouter foi : ils sont aussi cruels que ridicules. Vous vous rappelez que plusieurs fois ils avaient déjà voulu me faire passer pour fou ou possédé; aujourd'hui, ils résolurent à tout prix de troubler ma raison. Une nuit, je me réveil-

lai et je crus voir ma cellule en feu, je
frémis en me voyant entouré de démons
vêtus de flammes, et qui les vomissaient
de toutes parts autour de moi. Je sau-
tai à bas de mon lit et je courus à la mu-
raille que je trouvai froide. Je ne doutai pas que l'on n'eût barbouillé sur
les murs de ma cellule des figures hi-
deuses en phosphore, afin de m'effrayer.
En effet, je les vis disparaître par degrés
aux approches du jour. Je résolus alors
de voir, à quelque prix que ce fût, le
supérieur dans la journée.

Il était midi avant que je pusse prendre le courage d'exécuter mon projet.
Je frappai à la porte de sa cellule, et
quand je l'ouvris il témoigna à ma
vue la même horreur que la première

fois; mais celle-ci je ne me laissai pas repousser. « Mon père, » lui dis-je, « je vous somme de m'entendre, et je ne quitterai pas cette place que vous n'y ayez consenti. »

— « Parlez. »

— « On me laisse mourir de faim; on ne me donne pas assez de nourriture pour soutenir mon existence. »

— « En méritez-vous? »

— « Que j'en mérite ou non, il n'y a point de loi divine ou humaine qui m'ait jusqu'à présent condamné à mourir de faim, et si vous m'y condamnez, vous commettrez un meurtre. »

— « Avez-vous encore quelques plaintes à faire? »

— « Mille. On ne me permet pas

d'entrer à l'église; on me défend de prier; on a dépouillé ma cellule du crucifix, du rosaire et du bénitier; on me met dans l'impossibilité de remplir mes dévotions, même seul. »

— « *Vos* dévotions! »

— « Mon père, si je ne me sens pas assez de vertu pour être un moine, je n'en suis pas moins chrétien; je n'en suis pas moins un homme. J'en appelle à votre humanité, j'en appelle à votre autorité pour qu'elle me protége. La nuit dernière, ma cellule a été remplie d'images de démons; je me suis réveillé au milieu des flammes et des spectres. »

— « C'est ainsi que vous vous réveillerez au jour du jugement. »

— « Alors il suffira que je sois puni. Il n'est pas nécessaire que mon châtiment commence dès aujourd'hui. »

— « Ce ne sont que des fantômes créés par votre conscience agitée. »

— « Mon père, si vous daignez examiner ma cellule, vous verrez les traces du phosphore sur les murs. »

— « *Moi* entrer dans votre cellule! *Moi* l'examiner. »

— « N'ai-je donc aucune justice à espérer? interposez du moins votre autorité pour l'honneur de la maison à laquelle vous présidez. Rappelez vous que quand mon appel deviendra public, toutes ces circonstances le deviendront aussi, et je vous laisse à juger si

elles sont honorables pour la communauté. »

— « Retirez-vous. »

J'obéis et je découvris bientôt que
ma démarche me serait utile, du moins
pour ce qui regardait la nourriture.
Quant à ma cellule elle resta dans le
même état de dénuement, et mon in-
terdiction de toute communion religieuse ou sociale ne fut pas levée.

Cependant, les tribunaux ne per-
daient pas de vue mon affaire, elle devait être décidée dans quinze jours. On
ne m'apprit point cette circonstance,
mais le supérieur en avait reçu avis, et
c'est ce qui l'engagea à presser l'exécution d'un projet affreux, qui devait me
priver de tout l'avantage que j'aurais

pu retirer de son succès s'il en avait.
La nuit même de mon entrevue avec le
supérieur j'en découvris quelque chose :
mais quand j'en aurais su d'avance tous
les détails, quelles ressources aurais-je
pu employer pour les frustrer ?

Mon cœur était singulièrement op-
pressé, j'étais descendu au jardin, et
m'agenouillant sur le gazon j'essayais
de prier; je n'en eus pas la force, et je
tombai le visage contre terre. Il faisait
déjà presque nuit. Tout-à-coup deux
personnes passèrent auprès de moi sans
m'apercevoir : elles causaient avec chaleur. Je reconnus la voix du supérieur et celle d'un religieux. Voici ce
que je pus distinguer de leur conversation.

« Il faut, » dit le religieux, « adopter des mesures plus vigoureuses. Nous avons à nous reprocher de les avoir différées si long-temps. Vous serez responsables de la honte qui en rejaillira sur toute la communauté, si vous persistez dans cette imprudente modération. »

« Mais sa résolution demeure inébranlable, » répondit le supérieur.

— « Elle ne résistera pas à la mesure que j'ai proposée. »

— « Je le laisse en vos mains, mais rappelez-vous que je ne veux pas qu'on s'en prenne à moi si.... »

Je n'entendis plus rien, car ils étaient trop loin de moi. La nuit suivante, je venais à peine de m'endormir, quand us réveillé par un bruit étrange dans ma cellule. Je me mis sur mon séant, et j'écoutai. Je crus entendre quelqu'un s'éloigner pieds nus. Je savais que ma porte n'avait pas de serrure, et que par conséquent je ne pouvais pas empêcher que l'on n'entrât chez moi; j'étais convaincu cependant que la discipline du couvent était trop sévère pour que cela fût permis. Je voulus me rendormir, mais je ne tardai pas à me réveiller encore en sentant quelque chose me toucher. Je me levai en sursaut, quand une voix douce me dit à l'oreille : « Tranquillisez - vous, je suis votre ami. »

« Mon ami ? » m'écriai-je, « en ai-je

un ?..... Mais pourquoi me visiter à cette heure ? »

— « C'est la seule à laquelle il me soit permis de venir. »

— « Qui êtes-vous ? »

— « Je suis un être que les murs ne peuvent exclure; un être qui vous rendra, si vous vous livrez à lui, des services que vous ne devez attendre d'aucun homme. »

Il y avait quelque chose d'effrayant dans ces paroles, je m'écriai : « Est-ce l'ennemi des âmes qui vient me tenter?»

A ces mots, un moine qui se tenait dans le corridor, où sans doute il m'épiait, car il était tout habillé, entra précipitamment dans ma cellule, et me dit avec vivacité :

« Qu'y a-t-il ? vous m'avez alarmé
par vos cris. Vous avez prononcé le nom
de l'esprit des ténèbres. Qu'avez-vous
vu ? que craignez-vous ? »

Je me remis et je dis : « Je n'ai rien
vu ni entendu d'extraordinaire ; mon
sommeil était agité, voilà tout. Ah!
frère saint Joseph, il n'est pas étonnant
qu'après de pareils jours, mes nuits
soient troublées ! »

La même aventure se renouvela toutes les nuits. C'était les propositions les
plus étranges, les plus affreuses dont on
puisse se faire une idée. Les blasphêmes
les plus épouvantables étaient sans cesse
répétés dans mon oreille. J'en perdis
tout-à-fait le sommeil : et à peine je
m'assoupissais, que j'étais réveillé par

les mêmes sons. Je passais les nuits à
les écouter, et les jours à les craindre,
ou à former des conjectures sur leur
origine. J'étais intérieurement convaincu que le tout n'était qu'une imposture;
mais elle ne me consolait pas, car la
malice et la méchanceté humaine peuvent être portées à un point qui sur-
passe même celles du démon. Le triste
sommeil dont je jouissais dans les inter-
valles de ces visites ne me rafraîchissait
pas. Je me réveillais trempé d'une sueur
froide, et répétant souvent les derniers
mots qui m'avaient frappé. Alors je
voyais mon lit entouré de religieux, qui
m'assuraient que mes cris avaient troublé leur repos, et que dans leur frayeur,
ils s'étaient empressés d'accourir à ma

cellule. Ils se jetaient réciproquement des regards effrayés et consternés qu'ils reportaient ensuite sur moi, en me disant :

« Il se passe quelque chose d'extraordinaire en vous. Votre âme est oppressée et vous craignez de l'épancher. »

Ils me suppliaient au nom de tout ce qu'il y avait de sacré, de leur découvrir la cause des accès que je souffrais. A ces mots, quelque ému que je fusse, je me calmais sur-le-champ, et je leur répondais :

« Il n'y a rien. Pourquoi vous permettez-vous d'entrer dans ma cellule ? »

Ils secouaient la tête, et affectaient de se retirer lentement et à regret, comme s'ils eussent plaint mon affreuse posi-

II. 20

tion, tandis que je répétais : » Ah ! frère Justin ! ah ! frère Clément, je vous vois, je vous comprends. Rappelez-vous qu'il y a un Dieu dans le ciel. »

Pendant toute la journée j'étais exposé aux regards d'effroi et aux soupçons de la communauté. Quand je rencontrais un des religieux au jardin, il s'empressait de faire le signe de la croix, et de se détourner dans une autre allée. Si au contraire je passais devant eux, dans un des corridors du couvent, ils fermaient leur robe, se tournaient le visage contre le mur, et comptaient les grains de leur rosaire jusqu'à ce que je fusse loin d'eux. On adopta des précautions extraordinaires contre le pouvoir présumé du malin esprit. Des for-

mules d'exorcisme furent distribuées,
et des prières particulières furent ajou-
tées à celles des matines et des vêpres.
On répandit avec industrie le bruit
que Dieu avait permis à Satan de visiter un de ses serviteurs dévoués et ché-
ris dans le couvent, et qu'en conséquence tous les frères devaient s'attendre à voir redoubler ses assauts. L'effet
de ce bruit sur les jeunes pensionnaires
ne saurait se décrire ; ils s'élançaient
loin de moi avec la rapidité de l'éclair
dès qu'ils m'apercevaient. Ils me jetaient
de l'eau bénite ; ils imploraient Satan
pour qu'il s'éloignât d'eux, et se con-
tentât de sa victime.

Cependant, à force d'inspirer une
terreur générale, je commençai à l'é-

prouver moi-même; je commençai à
croire que j'étais en effet.... Je ne savais
quoi, mais tout ce qu'ils voulaient que
je fusse. Cet état d'esprit est effroyable,
et en même temps impossible à éviter.
Il y a des cas où tout le monde étant
réuni contre nous, nous embrassons
le même parti pour ne pas rester seul
dans le nôtre. D'un autre côté, mon ex-
térieur était tel, qu'il pouvait bien justifier le bruit qu'il se passait quelque
chose d'horrible dans mon âme. Mon
regard était à la fois animé et hagard;
mes vêtemens étaient déchirés, ma marche chancelante; joignez à cela que je
ne cessais de me parler à moi-même,
tandis que je ne partageais aucune des
occupations habituelles de la maison.

Une nuit, les discours de la voix inconnue furent si horribles, si pleins d'abominations, qu'il ne me fut pas possible de les supporter; je m'élançai de mon lit, et je me mis à courir comme un fou le long des corridors, frappant aux portes de toutes les cellules, et m'écriant : « Frère un tel, priez pour moi, priez pour moi, je vous en supplie. » Je réveillai tout le couvent; je volai à l'église : elle était ouverte, j'y entrai. L'ayant traversée en courant, j'allai me précipiter devant l'autel, que j'embrassai avec des supplications réitérées et prononcées à haute voix. Les religieux que mes cris avaient réveillés, ou qui peut-être les guettaient, descendirent en corps à l'église; mais voyant

que j'y étais, ils n'osèrent y entrer, et
restèrent à la porte, des flambeaux à
la main, pour me contempler. Le tableau était remarquable. D'un côté, je
parcourais dans l'obscurité l'église,
éclairée par une lampe solitaire, tandis
que de l'autre une forte lumière se ré-
pandait sur le groupe de religieux, et
rendait visible l'horreur que je leur
inspirais. L'homme le plus impartial
n'aurait pas balancé à me croire en démence ou possédé, ou peut-être même
l'un et l'autre, d'après l'état où je me
trouvais. A la fin, épuisé de fatigue et
d'émotions diverses, je tombai sur le
carreau et j'y restai long-temps sans
pouvoir me relever, mais entendant et
observant fort bien tout ce qui se pas-

sait autour de moi. On se consultait pour savoir si on me laisserait où j'é- tais, où si l'on m'enlèverait. Enfin, le supérieur ordonna qu'on ôtât cette abo- mination du sanctuaire, et telle était la terreur devenue réelle de ces reli- gieux, qu'il fallut leur répéter cet ordre deux ou trois fois avant qu'ils voulus- sent obéir. Ils s'approchèrent cependant de moi, et se servant des mêmes pré- cautions qu'ils auraient prises à l'égard d'un cadavre infecté de la peste, ils m'entraînèrent par mon habit hors de l'église, et me laissèrent sur le pavé devant la porte. Ils se retirèrent en- suite, et je m'endormis : je ne me ré- veillai que quand j'entendis sonner la cloche des matines. Je voulus pour lors essayer de me lever; mais une position sur un pavé humide, pendant un sommeil d'accablement causé par la fièvre, m'avait engourdi les membres, et me les avait rendus tellement sensibles, que je n'y parvins qu'avec des douleurs excessives. Je passai devant les religieux qui se rendaient au chœur, et il me fut impossible de retenir mes cris. Ils ne pouvaient ignorer ce que je souffrais, et cependant pas un seul d'entre eux n'offrit de me secourir. Je n'osais pas non plus le leur demander, et je regagnai ma cellule avec des efforts lents et pénibles; mais frémissant à la vue de mon lit, je me couchai par terre pour me reposer.

Une circonstance aussi extraordinaire ne pouvait manquer d'attirer l'attention : car l'ordre et la tranquillité du couvent avaient été troublés pendant cette nuit. La souffrance nous rend superstitieux, et j'avais un présage que cette enquête, quelle qu'elle fût, se terminerait d'une manière défavorable pour moi. J'étais le Jonas du vaisseau ; de quelque point que soufflât la tempête, je sentais que le sort tomberait sur moi. Vers midi on me fit dire d'aller trouver le supérieur dans son appartement. Je m'y rendis, mais non comme autrefois, avec un mélange de supplications et de reproches sur mes lèvres, d'espérance et de crainte dans le cœur, avec une fièvre causée autant par la terreur que par l'irritation ; j'y allai morne, pâle, défait; mes forces physiques étaient abattues par la fatigue et par le besoin de sommeil; ceux de l'âme, par la persécution continuelle et insupportable qu'on m'avait fait souffrir. Je désirais, je défiais, en quelque sorte, tout ce qu'ils pouvaient faire de pis, tant était terrible en moi la curiosité du désespoir.

Je trouvai l'appartement plein de religieux. Le supérieur se tenait au milieu d'eux, et ils étaient rangés autour de lui en demi-cercle et à une distance respectueuse. J'offrais, sans doute, un misérable contraste avec ces hommes, revêtus de tout l'orgueil du pouvoir et à qui leurs robes longues, et qui n'étaient pas sans grâce, donnaient un air de gravité, plus imposante peut-être que la splendeur, tandis que j'étais placé en face d'eux avec une figure livide, décharnée, les vêtemens déchirés, mais avec un air d'opiniâtreté sur ma physionomie. Je ressemblais vraiment à l'esprit malin prêt à recevoir son arrêt de la bouche des anges.

Le supérieur m'adressa un long discours, dans lequel il ne toucha que légèrement le scandale occasionné par ma tentative pour faire annuler mes vœux. Il ne fit pas non plus d'allusion à la circonstance, dont tout le couvent était instruit, excepté moi : je veux dire de celle que mon appel devait être décidé sous peu de jours. Mais il parla en termes qui me firent frémir, malgré leur évidente injustice, de l'horreur et de la consternation qu'avait occasionées dans le couvent le terrible accès que je venais d'éprouver. « Satan a désiré de vous posséder, » me dit-il, « parce que vous vous êtes mis en son pouvoir par votre réclamation impie contre vos vœux. Vous êtes le Judas parmi les frères ; vous êtes un Caïn marqué au sein d'une famille primitive ; un bouc émissaire qui vous efforcez d'échapper des mains de la communauté pour rentrer dans vos déserts. L'horreur que vous répandez sur nous à chaque instant du jour, est incompatible, non-seulement avec la discipline d'une maison religieuse, mais même avec le repos de toute société civilisée. Pas un de nous ne peut dormir à

trois portes de votre cellule. Vous nous
troublez par les cris les plus horribles,
en répétant sans cesse que l'esprit infernal est à côté de votre lit, qu'il vous
parle à l'oreille ; vous courez de cellule
en cellule, implorer les prières des
frères. Vos cris troublent le sommeil de la
communauté, ce sommeil qu'elle dérobe
à regret aux exercices de la dévotion.
Il n'y a plus d'ordre, il n'y a plus de
discipline depuis que vous êtes avec
nous. Vous vous élancez au milieu de
la nuit dans l'église, vous souillez les
tableaux et les images, vous renversez
le crucifix, vous insultez l'autel ; et
quand toute la communauté est forcée
par ce blasphème atroce et inoui de
vous entraîner loin du lieu que vous

profanez, vous troublez par vos cris ceux qui passent devant vous pour se rendre au service de Dieu. En un mot, vos gémissemens, vos contorsions, votre langage diabolique, vos vête-mens, vos gestes, ne justifient que trop les soupçons que vous inspirâtes lors de votre première entrée au couvent. Vous fûtes abominable dès votre nais-sance, vous êtes le rejeton du péché, et vous le sentez. Au sein de la pâleur af-freuse et peu naturelle qui décolore vos lèvres, je vois une légère rougeur tein-dre vos joues à ce discours. Le démon qui présidait à votre heure natale, le démon de l'impureté vous poursuit jusque dans les murs d'un couvent. Le Tout-Puissant, par ma voix, vous ordonne de vous retirer; partez et ne nous troublez plus. Arrêtez, » continua-t-il en voyant que j'allais obéir, « arrêtez, les intérêts de la religion et de cette communauté exigeaient que je vous parlasse des circonstances extraordinaires qui ont accompagné votre profane présence dans ces murs; sous peu de jours vous aurez une visite de l'évêque, préparez-vous-y comme vous le pourrez. »

Je regardai ces mots comme les derniers qu'il allait m'adresser, et je voulus me retirer, mais on me rappela. On aurait désiré que je fisse ou des remontrances ou des supplications; je résistai à toutes les suggestions que l'on me fit, comme si j'avais déjà su, ce que je n'ap-

pris que plus tard, que ce n'était point le
supérieur qui avait invité l'évêque à venir examiner la cause du trouble qui régnait dans le couvent, mais que l'évêque, ayant entendu parler de ce scandale, avait résolu de faire à ce sujet une
enquête solennelle. Au milieu d'une solitude, où je n'étais entouré que de per-
sécuteurs, j'ignorais que tout Madrid
était instruit que l'évêque avait pris la
résolution de ne pas rester plus long-
temps spectateur passif des choses extraordinaires qu'on lui avait rapportées
au sujet du couvent, et qu'il n'était
partout question que de mon exorcisme
et de mon appel, sans que le supérieur
lui-même pût calculer de quel côté la
balance inclinerait. J'ignorais, dis-je,

tout cela, car on n'aurait osé me le dire.
Je me préparais donc à me retirer, sans
répondre par un seul mot aux conseils
que l'on me donnait tout bas de m'hu-
milier devant le supérieur, d'implorer
son intercession auprès de l'évêque,
afin que celui-ci suspendît le honteux
examen qui nous menaçait tous. Je
m'arrachai d'entre leurs bras, et quand
j'arrivai à la porte je m'arrêtai, et leur
jetant un regard menaçant, je leur dis :
« Que Dieu vous pardonne et vous ac-
quitte devant son tribunal, comme je
me flatte d'être acquitté devant celui de
l'évêque. »

Ces mots, quoique prononcés par
un démoniaque, car je l'étais à leurs
yeux, les firent trembler. On entend ra-

rement la vérité dans un couvent : aussi quand elle y parle , sa voix y paraît-elle doublement terrible et prophéti-que. Du reste je n'entendis pas cette nuit les voix effrayantes qui troublaient mon sommeil. Je dormis profondé-ment et tout le couvent fut délivré des terreurs qu'infligeait l'esprit infernal.

FIN DU SECOND VOLUME.

www.ingramcontent.com/pod-product-compliance
Lightning Source LLC
Chambersburg PA
CBHW070510030726
47503CB00004B/1224